KB135882

솔직히 출근 생각하면
잠이 안 오는 당신에게

솔직히 출근 생각하면 잠이 안 오는 당신에게

이하루 지음

홍익출판 미디어그룹

차 례

1장

원인을 너무 잘 알고 있는 불치병

2장

퇴사, 씩씩거리며 씩씩하게

3장

일도 사람도 리셋하고픈 월요일

4장

쓸데없이 회사생활을 이롭게 하는 것들

5장

회사 가기 싫어서 받은 심리상담

기어코 월요일이 왔다.

일요일 밤,
입안에 휴지를 쑤셔 넣고 울었던 이유

어느 일요일 밤, 나는 불 꺼진 방에서 닭똥 같은 눈물을 흘렸다. 결혼 전 부모님 집에 얹혀살 때였다. 가족이 뜯어말린 '퇴사하고 여행하기'로 돈을 탕진하고 돌아와 회사에 다니던 시기. 빈털터리였던 내가 '직장생활 힘들어' 하고 꺼이꺼이 운다면 엄마는 등짝 스매싱을 날릴 게 뻔했다. 재갈을 물었다. 아니, 휴지를 입안에 쑤셔 넣고 음 소거를 해야 했다. 그런데 말이다. 눈물이란 게, 흐느낌이란 게, 브레이크가 없다. 한번 터지면 눈물샘이 마르고, 코가 막히고, 입안에 밀어 넣은 휴지가 축축하게 젖어야만 끝이 났다. 퉤퉤퉤. 울고 나면 마음이 한결 가벼워질 줄 알았는데, 눈물과 땀으로도 배출되지 않는 괴로움이 있단 사실을 알게 됐다.

당시 나는 매일 새벽 5시 30분에 일어났다. 씻고 준비하고 문을 나서면 새벽 6시. 떠밀리듯 지하철에 올라 뭉개지며 이동하다 보면 어느새 회사였다. 오전 7시에 도착하면 7시 30분에 시작할 회의를 준비했다. 아침형 인간을 선호하는 팀장이 주도하는 이 회의는 월요일부터 금요일까지 30분씩 진행됐다. 보고할 거리가 없을 때는 '그냥 대화'가 이어졌다. 팀워크란 이름으로, 소통이란 단어로, 성과란 목적으로 버티는 그 시간은 매일 야근까지 이어지는 업무의 효율을 떨어트리곤 했다. 그러나 아무도 이런 진실을 팀장에게 말하지 않았다. 다들 묵묵히 버틸 뿐이었다.

일도 일이지만, 관계도 원만하지 않았다. 이직한 회사는 텃세가 심했다. 실제 성격보다 날카로워 보이는 인상을 지닌 나는 왕따를 당하기 적합한(?) 부류였다. 업무 환경도 편하지 않았다. 예를 들면 업무 내용이 나에게만 전달되지 않는다거나, 나도 몰랐던 나와 관련된 엉뚱한 정보가 사람들에게 퍼져 있다거나, 어렵게 내뱉은 의견도 무시되기 일쑤였다. 여기에 팀장은 한술 더 떴다. 벅찬 업무를 몰아주며 나를 살피기 급급했다. 한 동료에게 '그 과정이 지나면 우리 식구로 인정해줄 거야'라는 얘기를 들었지만, 그다지 전투력이 생기지 않았다. 그저 몸과 마음이 피폐해질 뿐이었다.

더 큰 문제는 퇴근 후였다. 나는 부모님의 가벼운 잔소리도 참지 못했다. 종로에서 뺨 맞고 한강 가서 눈 흘긴다더니. 회사에서 받은 스트레스를 내 인생에서 가장 소중한 사람들에게 풀고 있었다. '내가 생각해도 최악이었던 나'는 그때가 처음이었다.

다가올 적자 인생이 무서워 노동과 로또를 놓을 수 없더라

그럼에도 회사를 관둘 수 없었다. 언젠가 다가올 적자 인생이 무서워서였다. 2019년 통계청이 발표한 '국민이전계정' 조사에 따르면 한국인의 생애 주기는 적자–흑자–적자를 오간다고 한다. 태어나서 26세까지는 적자를 유지하다가 27세부터 58세까지는 흑자로 돌아서고, 다시 59세부터는 쭉 적자란다. 27세부터 58세는 평범한 사람들이 직장에서 노동하는 시기와 맞물린다. 회사를 다니는 동안에 벌어들인 돈으로 내리막밖에 남지 않은 적자 인생을 견뎌야 한다.

멀고도 가까운 내 미래에도 적자 인생이 기다리고 있다. 남은 20년의 흑자 기간으로 그 후 50년을 버텨야 한다. 일단 꾸역꾸역 출근해야 한다. 살아 있는 오늘부터 행복할 것인가. 살아 있을지 죽어 있을지 알 수 없는 미래의 편안함을 택할 것인가. 일단 후자를 택한다. 이전까지는 보이는 행복을 따랐으니 남은 생은 보이지 않는 앞날을 걱정해본다.

하지만, 그렇게 결심하고도 마음이 무너지는 순간이 있다. 그날 밤이 그랬다. 분명 몸은 보송보송한 이불 속에 있는데, 마음과 생각은 이미 회사 책상에 앉아 머리카락을 쥐어뜯고 있었다. 이렇게 육신과 정신이 따로 노는 상태가 되고 보니 이러다 미치는 게 아닌가 싶어 눈물이 앞을 가렸다. 그렇게 한참을 울다가 번쩍하고 떠오른 것이 있었다. 어쩌면 더는 월요일이 두려워지지 않을지도 모를 행운! 그렇다, 로또였다.

퉤퉤퉤. 나는 입천장에 들러붙은 휴지를 뱉어내고 지갑에 부적처럼 모셔둔 로또를 꺼냈다. 후후후. 심호흡 후 침착하게 종이를 펼치고, 기도하는 마음으로 번호를 확인했다. 한데 또 꽝, 꽝이다. 잠시 맑아졌던 시야가 다시 눈물로 흐려진다. 이번에는 참지 않고 소리 내 울었다. 그때였다. 벌컥, 방문이 열렸다. 엄마였다. 결국, 등짝 스매싱을 당하겠구나 싶었는데, 다정한 목소리로 무슨 일이냐고 묻는다.

"로, 흑, 로또는, 꽝이고, 내, 내일은, 또, 월요일이잖아! 흑."

내가 울음을 참아가며 더듬더듬 대답하자 엄마는 안타까운 눈빛으로 나를 쳐다봤다. 그러고는 슬로, 슬로, 퀵, 퀵. 내게 다가와 등을 쓰다듬어준다. 평소보다 더욱 따뜻한 엄마의 손이다, 라고 느끼려는 찰라 '찰싹' 소리가 난다. 이는 엄마가 몸은 건장하지만 마음은 가냘픈 딸의 등을 사정없이 때리는 소리다. 스매싱이 토스 정도로 약해진 한참을 맞은 후에야 나는 겨우, 아주 겨우, 잠들 수 있었다.

징징거리는 게 지쳐서
어떻게든 잘해보려는 회사생활 이야기

캔디는 외로워도 슬퍼도 울지 않는다. 나는 괴로워도 아파도 출근한다. 한밤에 엄마에게 한심하다고 등을 두들겨 맞은 것도 이제 6년 전 일이다. 그사이 나는 좀 달라졌을까. 여전히 일요일 밤은 좀 우울하고, 월요일 아침은 살짝 침울하다. 아직도 일하다가 감정을 다치면 울고, 가끔은 때려치우겠다며 성질을 낸다. 하지만 이젠 안다. 내가 뒤척거리고 괴로워한다고 월요일을 피할 수 없다는 걸. 어차피 몇 시간 후에는 일터로 향하리란 걸.

이 책은 이젠 힘들다고 징징거리는 것도 지쳤고, 그렇다고 관두기도 어려운, 그러니까 먹고사는 일의 의미는 깨우쳤지만, 먹고살기 위해 해야 하는 '일의 의미'를 찾는 얘기를 담았다. 먹방이 다이어트에 독이 아닌 득이 된다는 연구 결과를 읽은 적이 있다. 월요병도 그랬으면 좋겠다. 내가 직장생활을 잘해보겠다며 아등바등하는 이야기가, 읽는 당신에게 덜 뒤척이는 일요일 밤을 만들어줬으면 한다.

이하루

1 장

원인을
너무 잘 알고 있는
불치병

Chapter 1.

월요일 회사는 위험해

월요일은 위험하다.

정확히는 회사로 출근해서 일하는 월요일이 그렇다. 나의 추상적이고 관념적인 느낌을 말하는 게 아니다. 이것은 증명된 사실이다. 아래 내용은 우연히 본 뉴스 일부를 발췌한 것이다. 천천히 음미하며 읽어보길 권한다.

> 일본 아이치현의 아사히산재병원이 실시한 연구 조사에 따르면 심근경색이나 뇌졸중 등 심혈관 질환으로 인한 사고가 특히 월요일 오전에 발생하기 쉬운 것으로 나타났다.

(……)

기무라 원장은 "심혈관계 사고를 예방하기 위해 월요일에는 가급적 느긋한 마음을 가지고 천천히 일을 시작할 것"을 제안했다. 특히 밀린 업무를 월요일 오전에 급히 처리하면서 받는 스트레스 상황을 만들지 않는 것이 중요하다고 강조했다.

_〈월요일 아침, 심혈관질환 위험 높다〉, 추현우, 파이낸셜 뉴스, 2018년 4월 22일자.

그랬다. 우리 직장인은 '그냥' 회사에 가기 싫었던 게 아니다. 예민한 촉으로 '위험'을 감지한 것이다. 일요일 저녁마다 기분이 우울했던 이유, 일요일 밤마다 잠이 오지 않는 이유, 월요일 아침마다 예민해지는 이유. 모든 것엔 이유가 있었다. 어렴풋이 예감한 것들이 사실로 밝혀지는 순간은 늘 이렇게 찜찜하다.

이렇게 월요일이 위험하다는 게 증명됐건만 예방하고 치유하는 방법은 고릿적 시절 그대로다. 그놈의 스트레스. 회사에서 스트레스를 받지 말라는 조언은 회사를 관두라는 말과 마찬가지 아닌가. 돈에 눈이 먼 세상에서 밥벌이를 대신 찾아줄 것도 아니면서 말이다.

"스트레스를 받지 마시고 주말에는 푹 쉬세요. 일요일에는 일찍 주무시고요."

예전에 자주 가던 병원 의사는 늘 내게 이런 처방을 내렸다. 위염에 걸렸을 때도, 장염에 걸렸을 때도, 마지막으로 대상포진으로 찾아갔을 때도, 그는 스트레스와 잠을 운운했다. 한두 번은 그럴 수 있다. 그러나 세 번째로 찾아갔을 때마저 앵무새처럼 같은 말을 하는 그를 보자 멱살을 잡고 이렇게 따지고 싶었다.

"딱히 할 말이 없으면 그냥 불치병이라고 해."

하지만 끝내 내 두 손은 무릎 위에 얌전히 놓여 있었다. 왜냐하면, 의사의 얼굴이 환자인 나보다 더 안돼 보였기 때문이다. 그도 그럴 것이 그날은 월요일이었다. 유행하는 감기 때문인지 병원에는 대기 환자가 가득했다. 처방전을 받고 나오면서 나는 의사의 심혈관이 걱정스러웠다.

오늘의 마음 정리

월요일은 이렇게 위험한 것이다.
환자가 의사를 걱정할 정도니까.

Chapter 2.

출근길에 찍은 재난영화의 마지막 장면

"기사님! 우리 지금 위험한 거죠?"

놀랍게도 제일 먼저 호들갑을 떤 사람은 내 옆자리 남자였다. 내가 버스에 오를 때부터 그는 잠들어 있었다. 무섭게 쏟아지는 빗줄기가 쉼 없이 창밖을 때려도 미동조차 없었다. 그런데 사당역으로 향하던 버스가 물에 잠긴 남태령 도로에서 멈춰버리자, 벌떡 일어나 마치 벼랑 끝에 아슬아슬하게 매달려 있는 사람처럼 구는 게 아닌가. 그렇지 않아도 어두운 표정으로 창밖을 내려다보던 승객들의 얼굴은 남자의 격앙된 목소리 탓인지 근심에서 공포로 바뀌고 있었다.

벌써 7년이 지난 일이다. 그러나 인상적인 한 편의 영화처럼 모든 장면이 생생하게 떠오르는 그날의 출근길 여정은 이렇게 시작되었다.

당시 폭우로 사당동과 방배동이 침수됐었다. 알다시피 사당동은 직장인들에게는 애증의 환승 지역이다. 2호선, 4호선, 거기다 버스들까지. 어떻게든 그곳을 지나야 출근과 퇴근을 할 수 있는 이들이 많다. 나도 그중 한 사람이었다. 내가 사는 동네에서 선릉역에 있는 회사에 가려면 일단 버스를 타고 사당역으로 가야 했다. 그런데 그날 버스는 지하철역에 도착하기도 전에 멈춰버렸다. 무섭게 차오르는 물과 빗줄기 탓에 더는 나아갈 수 없었다. 오죽하면 기사님이 항복하는 자세로 운전석에서 일어나버렸을까.

모든 승객이 휴대전화를 꺼내 들었다. 찰칵찰칵. 누군가는 이 상황마저 '좋아요'를 받기 위해 사진을 찍어 SNS에 올렸고, 누군가는 여보, 엄마, 자기야, 나 어떡해, 하면서 가족과 지인에게 마지막이 될 것처럼 하소연했고, 누군가는 실시간 뉴스를 확인하며 버스가 정말 움직일 수 없는 것인지 의심했다. 그러나 승객 대부분이 휴대전화를 들고 한 말은 놀라웠다. '부장님 폭우 때문에 버스가 물에 잠겼습니다', '대리님 저 지각할 것 같아요', '김 차장, 오늘 미팅 시간 좀 미루자' 같이 다들 자연재해

앞에서도 출근길 걱정이 우선이었다. 나도 마찬가지였다.

"선배님, 천재지변? 아니 자연재해? 아무튼 불가항력적 상황으로 인해 아홉 시까지 회사에 도착하지 못할 것 같습니다. 정말 죄송합니다. 다신 이런 일이 없도록 하겠습니다."

걱정도 모자라 사과까지 덧붙이면서 말이다.

이러지도 저러지도 못하는 상황에 옆자리 남자는 "이렇게 승객을 포기하실 건가요?"라며 기사님의 직업 정신까지 들먹였으나 승객 대부분은 그의 항의에 동조하지 않았다. 그도 그럴 것이 지하철역이 보였다. 날씨가 좋다면 딱 걷기 좋을 만큼의 거리에 사당역이 있었다. 누군가가 이렇게 소리쳤다.

"지하철 2호선이랑 4호선은 정상적으로 운행하나 봐요."

운명은 스스로 개척하는 것. 말보다 행동이 앞서야 할 때였다. 나는 내리는 승객들 사이로 끼어들었다. 굵은 빗줄기는 바람을 타고 더욱 공격적으로 바뀌었다. 잠시 레인부츠를 신고 나오지 않은 것을 후회했지만 한편으로는, 그날 신고 나간 샌들이 진짜 가죽이 아닌 싸구려 인조가죽임에 감사했다.

폴짝 뛰어 보도블록 위로 안착했다. 물은 발목까지 차올라 있었다. 힘겹게 3단 우산을 펼쳤지만, 강력한 빗줄기를 막아내기에는 역부족이었다. 가방과 어깨는 순식간에 물에 젖었고

바닥의 흙탕물은 내가 걸어가는 방향과 반대로 흘렀다. 나는 거꾸로 흐르는 강물을 거슬러 오르는 연어처럼, 힘차게 한 발 한 발 내디뎠다. 나아갈수록 사당역은 가까워졌다. 반면 물은 갈수록 깊어져 종아리까지 차올랐다. 그제야 주변을 살폈다. 함께 뛰어내린 사람들의 얼굴에는 '아무래도 버스에서 성급하게 내린 것 같다'라고 쓰여 있는 것 같았다. 후회한다고 섣불리 되돌아갈 수 없는 거리였다. 그냥 걸을 수밖에 없었다.

묵묵하게 걷다 보니 역에 가까워졌다. 그런데 먼저 도착한 사람들의 망연자실한 뒤태가 보였다. 무슨 일인가 싶어 빠른 걸음으로 다가간 나는 출구를 보고 하마터면 주저앉아 흙탕물에 엉덩이까지 담글 뻔했다. 역으로 들어가는 출구가 '출입 통제'라는 팻말과 함께 막혀 있었다. 원망의 눈길로 멀어진 버스를 노려보던 순간, 중년의 여자가 소리쳤다.

"반대편 입구로 사람들이 들어가네요."

그녀의 목소리를 따라 반대편을 보니 진짜 사람들이 출입구 쪽으로 내려가고 있었다. 도로를 건너면 사당역으로 들어가는 문을 만날 수 있다. 문제는 도로였다. 평소라면 차와 버스가 징글징글하게 얽혀 있어야 할 도로는 침수로 한산했지만, 물이 꽤 깊어 보였고 물살의 속도도 빨랐다.

늘 선구자는 존재하는 법. 이번에는 심사숙고해서 결정하려 했건만, 겁 없이 도로로 뛰어드는 한 남자의 모습에 도미노 처럼 한 사람씩 뒤를 따랐다. 늘 그렇듯 나는 이번에도 휘말렸 다. 후회의 크기를 가늠할 때에는 이미 도로에 발을 담근 뒤였 다. 대체 왜 나는 아마존이 아닌 서울 시내 한복판에서 이러고 있는 걸까? 오만 가지 잡생각으로 착잡함이 극에 달할 때쯤에 는 이미 도로 중앙까지 와 있었다. 후회 따위는 넣어둬, 넣어 둬. 어쩔 수 없이 끝까지 가야 했다.

중간 지점을 조금 지나자 물살이 강해졌다. 이러다 넘어지 면 어쩌지? 흙탕물에 온몸을 담그게 될지도 모른다는 공포감 이 밀려왔다. 그때였다. 누군가 내게 손을 내밀었다. 이렇게 고마울 때가. 손을 내밀어준 사람의 얼굴을 확인했다. 또 그 남자였다. 버스에서 자다 깨 난리를 피우던 옆자리 남자 말이 다. 역시 보이는 게 다가 아니었다. 그의 손을 덥석 잡았다. 그 리고 남은 손을 뒤에 있는 여자에게 내밀었다. 그러자 내 손을 잡은 여자도 자기의 뒤에 있는 아주머니 손목을 잡았다. 그 손 길은 도미노처럼 이어졌다. 덕분에 모든 사람이 안전하게 도 로를 건널 수 있었다. 이토록 따뜻했던 순간이 또 있었던가. 늘 고독하기만 했던 출근길을 이렇게 많은 사람과 함께하다 니. 때와 장소에 맞지 않게 감동할 뻔했다.

이게 만약 영화였다면 나와 손을 내민 그 남자는 이 일을 계기로 계속 엮이면서 연인 사이로 이어져야 마땅하지만, 그곳은 현실이었다. 남자는 '강'을 건너자마자 내 손을 뿌리치고 지하철 입구로 뛰어 내려갔다. 나도 마찬가지였다. 다행히 남자는 4호선, 나는 2호선으로 몸을 돌렸다. 내가 남자를 쫓아가는 모양새가 되지 않아 천만다행이었다.

"죄송합니다. 죄송합니다. 죄송합니다. 죄송합니다. 죄송합니다. 죄송합니다."

영화 한 편 찍고, 지하철 찍고, 회사 찍고, 사원증 찍고, 드디어 사무실에 발 도장을 찍었다. 시간은 10시가 훌쩍 넘어 있었다. 어쩜 이럴까. 나만 빼고 모두 출근해 있었다. 나는 팀 사람 수만큼 '죄송합니다'를 읊조린 후 자리에 앉았다. 너덜너덜한 꼴로 도착했건만 아무도 내게 무슨 일이냐고 묻지 않았다. 나는 가방을 내려놓으면서 동시에 노트북을 켰다. 서럽고 어지러웠다. 보통 영화 한 편의 러닝타임은 120분이지만, 오늘 내가 찍은 재난영화는 180분짜리였다. 하지만 영화에서 살아남은 주인공의 해피엔딩과는 다르게 현실의 나에게는 새드엔딩이 기다리고 있었다. 나는 야근을해야 했으니까.

바로 업무에 돌입할 생각은 없었다. 대충 일하는 각을 잡아두고는 화장실로 향했다. 흙탕물 때문에 허벅지까지 거무칙칙

했다. 청소 여사님이 계시지 않은 걸 확인한 후 다리를 세면대로 올려 닦았다. 하늘만큼이나 짙은 회색빛 물이 다리에서 흘러내렸다. 하지만, 비누는 없었다. 퇴근하기 전까지는 찝찝할 게 분명했다. 게다가 업무가 하나 더 늘었다. 내 다리 때문에 지저분해진, 세면대 청소말이다.

오늘의 **마음 정리**

짜릿한 성공담을 그린 영화의 도입부는 늘 사건투성이다.
주인공이 하는 일마다 좌절하고 실패하게 만든다.
그러다 중반부 끝자락에 실낱같은 희망을 던져준다.
궁금하다. 대체 내 회사생활은 언제까지
영화 도입부만 반복하고 있을 것인지.

Chapter 3.

작고 귀여운 월급이 들어오는 날

'10일이다. 월급이 입금됐다.'

늘 그렇듯 통장에는 작고 귀여운 숫자가 찍힌다. 회사에 대한 뾰족했던 마음이 살짝 뭉툭해진다. 이런 기분이 종일 이어지면 좋으련만…….

카드사 부르르~

보험사 부르르~

통신사 부르르~

'입금 감지센서'라도 달린 걸까. 회사에서 받은 돈이 다른 회사로 정신없이 빠져나간다. 이때부터 예민해진다. 부르르~.

진동이 느껴질 때마다 찌릿. 잘못 없는 휴대전화만 째려본다.

사실 월급날이라고 다를 건 없다. 오늘도 회사 근처 '엄마 집밥'이다. 만약 하루 중 가성비를 가장 많이 따지는 시간이 언제냐고 묻는다면, 회사에 있을 때다. 근무시간에 쓰는 내 돈이 왜 이렇게 아까운지 모르겠다. 이런 탓에 6,000원에 마음껏 먹을 수 있는 '엄마 집밥'이 고맙다. 가격 대비 메뉴가 훌륭하다. 불고기와 탕수육, 제육볶음과 치킨, 찜닭과 장조림이 짝을 지어 나오는 것은 기본, 국을 제외한 반찬만 여섯 가지다. 밥도 백미와 흑미 중에 선택 가능하고, 입가심용 요구르트도 준비되어 있다. 한데 이 집이 처음부터 이랬던 건 아니다. 딱 돈만큼, 때로는 살짝 아쉬웠다. 그런데도 주변 음식점이 터무니없이 비싸고 맛없는 탓에 늘 문전성시였다. 덕분에 주인장 아주머니는 늘 행복했더랬다.

그런 가게가 이렇게 바뀐 건 바로 옆에 '장모님 밥상'이 들어서면서부터였다. 비슷한 밥집이 나란히 자리 잡자 손님이 반으로 갈렸다. 그도 그럴 것이 '장모님 밥상'은 수수료를 받지 않았다. '엄마 집밥'은 카드로 결제할 경우 수수료를 10퍼센트나 붙였는데 말이다. 이 점을 불만이라 여긴 사람들은 '장모님 밥상'으로 발길을 옮겼다. '엄마 집밥' 주인장은 옆집과 정면

승부에 나섰다. 고기 메뉴를 두 가지로 늘렸다. 어떤 날은 고기와 생선이 나란히 등장하기도 했다. 수수료 10퍼센트, 600원을 더 내고도 만족스러운 집이 됐다. '엄마 집밥'의 완벽한 승리다.

그러나 북적거리는 손님에도 주인장 아주머니 낯빛은 갈수록 어둡다. 어쩌면 그녀도 나와 비슷한 상황일지 모른다는 상상을 해본다. 돈이 들어오긴 들어오는데 남는 게 없어 슬퍼지는 상황 말이다. 주인장을 애틋한 시선으로 바라보며 식당에 들어갔다. 그런데 오늘따라 메뉴가 부실하다. 고기반찬이 하나뿐이라니, 이럴 수가! 조금 전까지 동병상련을 느끼던 마음이 가신다. "자꾸 이런 식이면 확 옆집으로 가요!"라는 말이 튀어나올 뻔했다. 어떻게 알았는지 옆에 있던 은주 씨가 내 마음을 떠들어준다.

"사장님이 이제 장모님 밥상을 완전히 재꼈다고 생각하는 것 같아요."

흐뭇하게 은주 씨의 말을 받으려는데 정석 씨가 뼈 때리는 소릴 해댄다.

"에이, 그래도 6,000원이잖아요. 어디 가서 이 돈으로 치킨을 먹어요."

맞는 말인데, 차가운 치킨이 썩 반갑진 않다. 어쩐지 가격으로만 따지고 만족하는 건 시장경제에 굴복하는 기분이다. 이렇게 계산하면 내 노동의 가치도 식은 치킨과 비슷해진다. 내 노동력도 회사 차원에서는 가성비 좋은 치킨일 뿐이다.

"저 이제 거지 됐어요."

이번에는 재현 씨였다. 식은 닭다리를 야무지게 발라내던 그의 기름진 입술에서 뜻밖의 고백이 튀어나왔다. 거지라니.

"저 이번에 집 샀거든요. 이제 거지처럼 살아야 해요."

그의 말에 나도 꿀리지 않는 거지라고 대꾸하려다 참았다. 가파르게 상승하는 집값과 달리 월급 상승 곡선은 완만했다. 집을 매매하려고 마음먹었을 때는 최고점이었다. 전세는 끝나가고, 모든 게 불안한 상황에서 생애 최초 가장 비싼 쇼핑을 했다. 카드 할부가 아닌 은행 대출로 산 집은 내 것도 아니고 네 것도 아니었다.

부르르~

OO카드 결제 30,000원 지급.

밥 먹는 사이 카드회사로 돈이 빠져나갔다. 이것으로 지난달에 결제한 이동식 수납장은 완전한 '내 것'이 되었다.

"커피나 한잔할까요?"

식사 후 직원들이 모여 카페로 향했다. 사무실에도 커피가 있으나 오늘은 다들 사 마시고 싶은 눈치다. 이 정도의 작은 사치야 뭐.

"여기 들어갈까요?"

까르르거리며 도착한 카페 앞. 그런데 다들 망설인다. 기분은 내고 싶은데, 머릿속 계산기가 작동된다. 꾸역꾸역 6,000원짜리 밥을 먹어놓고 6,000원짜리 커피로 기분을 내겠다고? 망설이던 우리가 발길을 돌린 곳은 예쁜 카페가 있는 건너편 낡은 건물의 지하다. 몇 걸음만 더 옮기면, 햇볕 좀 덜 받으면, 아메리카노는 1,500원, 카페라테는 2,000원이다. 작은 사치는 더욱 작은 사치가 되었다.

"근데 야근수당이 이상해요. 이게 자기들 맘대로 준다는 말이 있더라고요."

카페라테를 손에 쥔 미선 씨가 야근수당 음모론을 제기한다. 기억을 더듬어보니 언젠가 평소보다 야근과 주말 근무를 많이 했는데, 다른 달보다 적은 금액이 입금된 적이 있었다. 총무팀에 문의하니 얼마 후 추가로 돈이 지급된 기억이 떠오른다. 그때는 분명 실수라고 했다. 그런데 이게 나만의 일이 아닌 듯하다. 다분히 의도적이라면 따져야 한다. 커피값마저도 반지하를 탈출하지 못하는 사람들에게 몇만 원은 아주 큰 돈이니까. 미선 씨가 대표로 회사에 확인 요청을 하겠단다. 그렇게 오후 1시. 점심시간이 끝났다.

'까꿍. 나 세일해.'

일에 집중이 되지 않는다. 모니터 구석에서 고개를 내미는 광고는 두더지 게임처럼 꺼도 꺼도 계속 튀어나온다. 나는 열 번 찍어 안 넘어가는 나무가 없다는 말을 믿지 않는다. 하지만 이 경우는 예외다. 광고가 열 번 고개를 내밀면 한 번은 헛클릭질을 하게 된다. 이러다가는 야근이다. 시간도 돈이다. 결단이 필요하다.

'오빠, 나 돈 보냈어.'

회사에서 받고 회사에서 뜯어가고 남은 월급. 앙상해진 돈을 남편에게 부쳤다. 어차피 돈 관리는 남편 몫이다. 집에 가면서 보낼 돈을 미리 보내면 퇴근이 빨라진다. 돈이 없으니 광고 두더지 방해에도 업무 속도가 빨라진다.

'그래도 오늘 월급날인데, 외식할까?'

오후 6시쯤, 남편에게 문자가 왔다. 고민된다. 당연히 외식은 맛있고 간편하다. 그러나 남편과 나는 푸드파이터다. 뭐든 기본 3인분이다. 고깃집으로 따지면 고기 3인분을 시작으로 냉면과 된장찌개까지 해치워야 일어선다. 기본 5만 원은 쓸 각오를 해야 한다. 이럴 때마다 매달 넣고 있는 연금 5만 원이 떠오른다. 당장 고기로 배를 채울 것인가, 노후에 편히 고기를 먹을 것인가. 진지해진다.

'그냥 내가 고기 사 갈게. 집에서 먹자.'

외식을 미래로 양보한다. 나이 먹고 한 번이라도 더 남이 구워주는 고기를 먹기 위해 오늘은 직접 구워 먹기로 한다.

퇴근 후 동네 정육점에 들렀다. 오늘따라 정장을 입고 고기를 사러 온 손님이 많다.

"삼겹살 한 근에 16,000원이요?"

"요즘 좀 올랐어요."

하필이면 월급날에 맞춰 '금'겹살이 됐다니. 고기는 이미 토막토막 썰려 봉지에 들어가 있다. 반 근만 살걸. 이렇게 찌질하게 굴고 싶지 않다. 정육점 사장님에게 카드를 건네며 작게 속삭여본다.

"파무침 한 봉지만 더 주시면 안 될까요?"

채소값 줄여서 얼마나 더 잘 살게 될지는 모르겠지만 한 봉지 더 챙긴 파는 김치찌개에 들어가 깊고 진한 국물을 낼 것이라 확신한다.

"오빠. 있잖아. 예전에는 월급날이 제일 좋았는데, 요즘은 월급날이 제일 무서워. 언제부턴가 쩨쩨한 월급이 나를 통제하는 기분이 들거든."

그날 밤, 오늘 하루 일을 되짚어보며 남편에게 털어놨다. 대답이 없다. 삼겹살 한 근을 사이좋게 나눠 먹은 그가 먼저 잠들었다. 그도 나도 이 밤이 지나면 다시 회사로 출근할 것이다. 다음 월급을 기다리면서 말이다.

내게도 돈보다 성취감이 귀할 때가 있었다. 일을 통해 경쟁하고, 발전하고, 완성되는 듯한 착각이 미치도록 좋을 때 말이다. 하지만 이젠 '월급'뿐이다. 한 달 내내 죽어라 일해서 얻는 귀한 성취감으로는 3만 원짜리 이동식 수납장도 결제할 수 없다.

오늘의 **마음 정리**

딱 먹고 살 만큼 정량되어 나오는
작고 귀여운 월급이 내가 출근해야 할 이유다.
슬프지만, 당장은 그렇다.

Chapter 4.

갑질은 꽉 막힌 고속도로와 닮았다

"아무리 생각해도 정신이상자들 같아요."

뻘쭘해진 수진 씨가 침묵을 깼다. 허허허. 다들 어색한 미소를 지었지만, 급속 냉각된 분위기는 어쩔 수 없었다. 지난 목요일, 급하다는 본사 담당자의 호출을 받고 회의에 참석했다. 부랴부랴 진행해야 하는 프로젝트가 생긴 것이다. 몇 주 전부터 이런 일이 부지기수다. 일요일까지 출근하는 팀원도 많았다. 썩을 대로 썩은 표정으로 회의실에 들어가자 예상대로였다.

"다음 주 월요일 아침까지 부탁드립니다."

또 이런다, 또. 최소 일주일이 필요한 업무를 하루 이틀 만에 끝내라고 하거나, 황금연휴 전날 업무를 주고 연휴가 끝난 다음 날까지 달라고 한다거나. 우리 팀원들을 기계라고 생각하지 않고는 시킬 수 없는 일들의 연속이었다.

"일이 이렇게 몰리니까 다들 힘들어하네요."

참다못한 팀장이 한 마디 던졌다. 평소 고분고분한 그의 캐릭터로 봤을 때 이 정도면 발악이다. 그러나 물주먹은 물이고 씨알은 씨알일 뿐. 먹힐 리가 없다. 오히려 수진 씨에게 '더 나쁜 소식'을 전해 들을 수 있었다.

"요즘 회사 분위기가 그래요. 위에서 주말이라도 필요하면 업무를 요청하라고 하셨고요."

그녀가 말한 '위'는 누굴까. 대리님일까, 과장님일까, 차장님일까, 팀장님일까, 부장님일까, 상무님일까, 전무님일까. 그것도 아니면 대표님일까. 범인을 색출하다 보니 새삼 '위'에 참 많은 사람이 있다는 걸 깨닫게 된다. 그들이 모두 내 위에 있다니. 그렇다면 내가 밟고 있는 바닥은 지하 몇 미터 지점이란 말인가.

"대체 맨 앞에 있는 차는 뭐 하고 있는 거야?"

남편과 연애 때 강원도로 여행을 간 적이 있었다. 여름휴가 시즌이라 그런지 평일임에도 차는 고속도로에 주차된 것처럼 한참을 서 있어야 했다. 그러자 남편이 농담처럼 저런 말을 했는데, 한참을 웃다가 진짜 궁금해졌다. 대체 맨 앞에 있는 차는 뭘 하고 있길래 신호 없는 고속도로를 꽉 막히게 할까. 근데 맨 앞에 있는 차는 어디쯤 있을까.

엉뚱한 궁금증의 답은 간단한 인터넷 검색만으로 쉽게 해결됐다. 고속도로가 정체되는 이유는 사고와 도로공사를 제외하면 크게 세 가지였다.

첫째, 차선이 줄어드는 병목현상으로 인해 차량 속도가 줄어드니까. 둘째, 차선 변경과 추월로 인해 브레이크를 잡는 차들이 있으니까. 마지막으로 셋째, 브레이크의 나비효과다. 브레이크를 잡는 몇몇 차들로 인해 줄줄이 소시지처럼 다른 차들까지 브레이크를 잡게 되기 때문이다.

업무 시스템이 엉망이 되고 퇴사자가 많은 회사에는 어떤 문제점이 있을까. 예상컨대 대부분의 문제점은 고속도로가 꽉 막히는 원인과 비슷할 것이다. 도로가 좁아지면 속력이 줄어드는 것처럼 높은 상사일수록 안 된다고 말하기 힘들다. 그리고 차선 변경과 추월로 브레이크를 잡는 차들이 생기는 현상과 마찬가지로, 저마다 다른 이유로 업무 진행의 브레이크를 잡는 상사가 늘어난다. 결정적으로 나비효과처럼 대표님이 다

된 일에 코를 빠트리면 모든 직원이 혼란스러워하게 되고, 이런 와중에 가장 밑에서 일하는 직원과 불안정한 고용 형태로 일하는 직원은 무리한 업무를 떠안게 된다. 이래서 업무는 보고하며 진행하지 말고 소통하며 발전시켜야 한다.

"당당하게 일하고 싶은데, 맨날 이렇게 절절매니까 힘들고 김빠져요."

가만 보니 최근 계약직에서 정규직이 된 수진 씨의 얼굴이 밝아 보이지 않았다. 어쩐지 그녀의 마음도 이해된다. 지금까지도 참 열심히 일했을 텐데 갈수록 진흙탕이니. 힘들겠구나 싶었다. 그럼에도 분명한 사실은 일할 때 더 딱한 건 내 쪽이라는 것이다.

그날 새벽까지 야근하고 새벽에 출근한 걸 생각하면, 주말 근무도 당연하게 여기는 '윗분'들을 떠올리면, 지금도 분노와 혈압이 동반 상승한다.

오늘의 **마음 정리**

고속도로 맨 앞에서 운전하는 분들은 알까.
뒤에서 따라오는 것처럼 보이는 운전자들이
저마다의 샛길을 찾느라 분주하단 사실을.

Chapter 5.

외로운 요일 월요일 열일

"고객님, 안녕하세요?"

한 통신사에서 상담 스크립트 제작 업무를 한 적이 있다. 쓸데없이 자세히 설명하자면, 고객센터에서 일하는 상담사가 고객에게 품격 있는 서비스를 제공할 수 있도록 상품과 문의 사항에 맞는 대본을 만드는 일이었다. 자, 여기까지는 대외적인 내용이다.

사실 이 대본의 목적은 한 가지가 아닌 두 가지다. 고객 만족도를 높이는 목적이 반, 상품을 판매하고자 하는 목적이 반이다. 예를 들면 이렇다.

상담사 (친절하게)네, 고객님. 요청하신 대로 상품을 변경해드렸습니다.

고 객 네. 감사…….

상담사 (재빠르게)그런데 고객님! 확인해보니까 장기 고객님, 그러니까 VIP 고객님께 제공하는 혜택이 많은데요. 그동안 왜 이용하지 않으셨어요?

고 객 (궁금증 폭발)VIP 혜택요?

상담사 (지금이다!)네. 저희 통신사를 오랜 시간 이용하신 고객님께 이번 달 말까지 프리미엄 서비스 상품을 무려 50퍼센트나 할인해드리는 혜택이 있는데요.

고 객 (에이 또 뭐라고)아, 네. 괜찮습니다.

상담사 (잠깐만!)여기에 가족 할인까지 받으시면 지금 이용하시는 요금제보다 훨씬 저렴하게 프리미엄 상품을 이용하실 수 있어요.

고 객 (진짜?)지금보다 더 저렴하다고요?

정리하자면 스크립트는 안내받는 고객이 추가로 상품에 가입하거나 업그레이드하도록 유도한다. 속았다고 생각하지 말자. 상황에 따라 진짜 이득일 때가 있다. 이런 대본을 만들기 위해서는 성별, 연령대, 지역 등을 세분화해야 한다. 이 일을 하며 영업과 심리학에 관한 책도 많이 읽었던 것 같은데, 이론을 바탕으로 제작된 대본은 실전에서는 안 먹힐 때가 많았다. 그래서 모니터링이란 걸 해야 했다. 모니터링은 설계된 스크립트대로 상담사가 안내하고 있는지, 스크립트 설계가 잘못된 부분은 없는지, 추가해야 할 내용은 없는지 확인하고 검토하는 절차다.

사실 상담은 라이브다. 절대 설계된 대본대로 흘러가지 않는다. 갑자기 성질을 내는 고객, 절차를 거부하는 고객, 꼬투리를 잡고 늘어지는 고객, 그 외에도 수많은 돌발상황이 벌어진다. 한 방송에서 고객센터 상담사가 "언니 저 로또 1등에 당첨됐어요!"라고 한 고객이 기억난다고 하던데, 그렇다. 얼굴을 보지 않기에 더욱더 다양한 사람을 만나게 되는 직업인 듯하다.

그날은 폭설이 내렸다. 일요일 밤에 뽀득뽀득 쌓인 눈을 밟으며 출근하는 악몽을 꿨다. 일어나니 꿈이 현실이 됐다. 미끌미끌한 길바닥을 두 발로, 때로는 네 발로 기어서 회사에 도착했다. 종일 모니터링을 하는 날이었다. 한 달 전에 만든 스크립트 활용도를 검증해야 했다.

보통 모니터링할 통화 파일은 이렇게 선택됐다. 상품과 문의 사항으로 분류된 수많은 코드 중 해당 스크립트가 활용된 코드를 검색한다. 그럼 엑셀로 정리된 것처럼 날짜가 분리되고, 날짜를 누르면 최근 순으로 통화 목록이 정리되어 나타난다. 여기서부터는 복불복이다. 어떤 파일을 듣게 될지는 내 손과 마우스에 달렸다. 나는 주로 통화 시간이 길지도 짧지도 않은 20분 안쪽의 상담 파일을 골랐다.

피곤한 월요일이었다. 꾸역꾸역 상담 파일을 들었다. 평소라면 흥미로웠을 대화도 집중하기 어려웠다. 위기는 열 번째 통화에서 왔다. 점심을 먹고 온 탓인지, 상담 내용이 스크립트대로 흐른 탓인지, 졸음이 쏟아졌고 세 번이나 다시 들었다. 회사 옥상에서 찬바람을 맞으며 내가 내 뺨을 때렸다. 야.근.하.지.말.자.제.발.

자리로 돌아와 열한 번째 파일을 클릭했다. 상담사와 이사 때문에 인터넷을 이전하겠다는 중년 남성이 오전에 통화한 내용이었다. 이전 신청을 완료한 상담사와 고객은 몇 분간 더 대화를 이어갔다. 오래전 일이라 정확히 기억이 나지는 않지만 대략 이런 대화로 기억한다.

상담사 인터넷 이전 설치를 받으실 수 있도록 접수해드렸습니다.

고 객 (졸린 목소리)네, 알겠습니다…….

상담사 (이때다 싶어)그런데요, 고객님. TV는 왜 이용하지 않으세요? 오랜 시간 저희 통신사를 이용해주셨기 때문에 할인 혜택도 크고…….

고 객 (단호하게)됐습니다.

상담사 기본 상품만 이용하셔도 스포츠 채널과 영화 채널이 다양해서…….

고 객 (귀찮다)제가 일 끝나고 새벽에 들어와서 지금 좀 피곤하거든요.

상담사 그럼, 오후 늦게 다시 전화해서 안내해드릴까요?

고 객 휴, 제가 지금 혼자 살아요.

상담사 네?

고 객 (화를 누르며)회사에서 잘리고, 와이프, 자식이랑은 헤어져 삽니다. 지금 일 때문에 밤낮이 바뀌어서 TV 볼 시간도 없고요.

나는 이쯤에서 통화가 마무리될 줄 알았다. 한데 이어지는 대화에 잠이 확 깨버렸다.

상담사 고객님. 솔직히 저도 TV 안 봐요.

고 객 (당황하며)네?

상담사 저도 하던 일이 안 되고, 결혼하려던 여자친구랑도 헤어져서 혼자 사는데요. TV는 잘 안 봐요. 시끌시끌한 사람 소리를 들으면 나만 혼자인 것 같아서요. 열심히 살면 살수록 외로워지는 것 같네요.

고 객 (누그러진 목소리)그, 그렇죠.

상담사 (웃음)보통 월요일은 고객님께 '즐거운 한 주 보내세요'라고 하거든요. 고객님께도 힘내시라고 말하고 싶은데, 그냥 하면 실례가 될 것 같아서 쓸데없는 얘기까지 했습니다. 죄송합니다.

고 객 아, 아닙니다.

상담사 고객님 힘내시고요. 앞으로 좋은 일만 생기시길 바랄게요.

고 객 저, 저기요. 그쪽도 힘내요. 그리고 열심히만 살면 외로워지는 법이에요. 이제 와 생각하니까 그게 제일 후회스러워요. 열심히만 산 거요.

그날 상담사와 고객의 대화는 이렇게 마무리됐다. 고객이 "나중에 일이 풀리면 TV는 여기서 하겠다"라고 말하자 상담사가 "그때도 좋은 혜택으로 안내해드릴 수 있도록 최선을 다하겠다"라며 반겼다. 오고 가는 진심 속에 또 회사만 덕을 본다.

기존 고객을 충성 고객으로 반쯤 바꿔놓았으니 말이다.

열심히 살면, 열심히만 살면, 외로워진다. 사무실에 출근하면 사람들이 있고, 불경기에도 일이 있고, 퇴근 후에는 돌아갈 집과 가족이 있지만, 외롭다. 애써 힘을 내야 하는 월요일은 괜히 더 외롭다. 그래서 용기가 가장 필요한 요일이 아닐까 싶다. 일과 삶 사이에 선을 그을 용기, 있는 그대로의 나를 인정할 용기, 스스로 힘을 낼 용기, 열심히 살면서도 외로워지는 데 용기가 필요하다.

얼마 전 〈월요일이 사라졌다(What Happened to Monday?)〉란 영화가 포털사이트 실시간 검색어에 머무른 적이 있다. 이 영화는 월요일, 화요일, 수요일, 목요일, 금요일, 토요일, 일요일이란 이름을 가진 일곱 자매 중 월요일이 사라지면서 벌어지는 이야기를 담았다. 두 번쯤 봤던 영화라 다 알면서도 진짜 월요일이 사라지는 게 아닐까. 이런 기대를 하며 검색어를 클릭했던 기억이 난다.

오늘의 마음 정리

영화에서도 일곱 쌍둥이 중
월요일이 가장 외로웠다.
월요일은 어쩔 수 없이 외롭나 보다.

Chapter 6.

나에게도 어린 상사가 생겼어요

이런 날이 올 줄 알았다.

언젠가는 나보다 어린 상사와 일하게 될지도 모르겠다는 상상. 그냥 상상만 하던 일이 현실로 다가왔다. 불쑥.

회사가 뒤숭숭하던 작년 가을. 내가 일하는 팀의 네 번째 팀장이 사직서를 제출했다. 세 번째 팀장과 네 번째 팀장 모두 입사하고 석 달을 버티지 못했다. 회사에서 권고사직을 종용한 탓이다. 인원은 줄이고 일은 늘어나는 상황. 회사에서는 팀장이 관리를 포함한 실무까지 하길 바랐다. 연봉은 적게 받으면서 관리부터 실무까지 모든 걸 완벽하게 해낼 인재. 그런 사람 목 빠지게 기다려봐라. 나도 언제든 회사에서 잘릴 수 있겠다는 사실을 짧은 기간에 여러 차례 확인하는 건 업무 효율을 높이는 데 전혀 도움이 되지 않았다. 오히려 세상에 없던 참신한 단어조합으로 회사를 욕하는 경험치만 쌓일 뿐이었다.

네 번째 팀장이 나간 자리는 두 달 넘게 공석이었고, 우리 팀은 각자 알아서 여름휴가를 떠나기에 이르렀다. 이 점은 좋았다. 눈치 보지 않고 늦가을에 여름휴가를 낸 건 처음이었으니까.

'오늘 회식은 어디로 갈까요?'

휴가가 끝날 무렵 팀원들이 모인 단톡방에 메시지가 올라왔다. 회식이라, 이상했다. 팀장도 없는 마당에 자발적으로 저녁 회식을 할 동료들이 아니었다. 대체 무슨 일일까.

'재현 씨가 팀장이 됐거든요. 그래서 번개 회식을 하기로 했어요.'

궁금증을 참지 못하고 동료에게 카톡을 보냈더니 돌아온 답변이었다. 재현 씨라면 입사부터 함께 일한 동료다. 연차로 따진다면 팀원 중에 뒤에서 두 번째로 적고, 나이는 나보다 세 살이 어렸다. 그런 그가 팀장이라니. 나에게도 이제 어린 상사가 생겼다.

함께 일하던 동료의 승진은 나의 회사생활에 어떤 영향을 줄까. 이런 생각을 하다 보니 떠오르는 사람이 있었다. 바로 김 선배였다.

김 선배를 만난 건 두 번째 직장에서였다. 나는 여자직원으로 구성된 팀의 막내로 풋내 나는 20대 중반이었다. 모두가 그런 건 아니지만, 내가 일하던 팀의 선배들은 친해지기가 쉽지 않았다. 대부분 30대 중후반으로 센 언니들이었고, 마음을 쉽게 내어주지 않았다. 편하게 이야기를 주고받는 데까지 시간이 좀 걸렸던 것 같다. 그리고 김 선배. 선배는 우리 팀의 유일한 40대이자 워킹맘이었다. 나보다 열다섯 살 많아서 때로는 엄마처럼 또 때로는 언니처럼, 내게 가장 포근했던 직장 상사였다. 일할 때도 가장 믿고 의지하는 선배였다. 하지만, 그런 김 선배를 믿지 않는 순간도 더러 있었다.

"아니, 안 불편해. 그럴 이유가 없어."

김 선배는 종종 이런 말을 했다. 팀장이 선배의 후배였기 때문이다. 가끔 눈치 없이 김 선배에게 "어린 후배가 상사인 게 불편하지 않아?"라고 묻는 사람들이 있었다. 그때마다 선배는 불편하지 않다며 "욕심 없는 곳에 자존심을 둘 이유가 있나?"라고 되묻곤 했다. 나는 그때마다 선배가 거짓말을 하고 있다고 믿었다. 욕심을 버렸다는 것. 그 자체가 이미 감정이 상했다는 방증이 아닐까 의심했더랬다. 그리고 상상해봤다. 만약 나라면 어떤 감정을 느끼게 될까. 그럴 가능성은 별로 없겠지만 비슷한 상황에 어떤 대답을 할까.

"그게 무슨 상관이야. 난 어차피 욕심도 없는데."

갈수록 모든 게 빨라지는 세상이다. 김 선배보다 10년 먼저 어린 상사를 맞이할 줄 몰랐다. 그리고 더더욱이나 내가 저런 대답을 하게 될 줄 몰랐다. 저 말은 거짓말도 자기 위안도 아니었다. 진심이었다. 일하다 보니 정말 그랬다. 자의든 타의든 회사에 욕심을 버리고 나니 권위도 경쟁도 성취도 크게 상관없는 것들이었다. 그러니 어린 상사를 맞이하는 일쯤이야 내 업무에 문제가 없다면 아무 일도 아니었다.

그저 시간이 흘러 김 선배의 말을 비슷하게 읊어 대는 나를 보고 있자니 그때 묘한 표정으로 선배를 바라봤던 게 새삼 미안해졌다.

재현 씨는 연차는 짧아도 팀에서 가장 오래 일한 직원이자 본사 직원과 가장 친밀하게 지내는 사람이었다. 그런 탓에 매번 팀장 자리가 공석이 될 때마다 중간 역할을 해왔다. 이런 경험을 돌이켜볼 때, 그리고 회사 입장을 따져볼 때, 그가 팀장이 되는 것이 가장 그럴 듯한 그림이었다. 나는 어린 상사가 된 재현 씨가 불편하지 않았다.

얼마 전, 내려야 할 역을 지나쳐 회사에 지각한 일이 있었다. 다시 지하철을 갈아타고 허겁지겁 회사로 달려가던 나는 재현 씨, 그러니까 팀장이 담배를 피우러 나오는 모습을 포착했다. 평소라면 손을 흔들며 인사를 했을 터. 하지만 그는 이제 상사다. 나는 그의 눈을 피해 전력 질주했다. 본능이었다. 어떻게든 지각 시간을 줄이고 싶은 부하직원의 꼼수였다.

사무실에 도착해 정신없이 자리에 앉았다. 노트북을 켜고, 땀을 닦고, 가방을 내려놓고, 다시 땀을 닦고, 기획안을 펼치고, 또 땀을 닦았다. 어찌나 정신이 없었는지. 노트북 옆 거울에 비친 내 얼굴은 누군가 진흙탕을 뿌린 듯 땀에 화장이 무너져 내리고 있었다. 하지만 괜찮았다. 상사에게 지각만 들키지 않는다면 말이다. 모든 준비가 끝났을 때 팀장이 들어왔다. 그의 자리는 내 뒤다.

"오셨어요?"

돌아보지 않고 인사했다. 노트북 화면 기획안에 비친 그의 실루엣을 훔쳐보며 동태를 살폈다.

"네. 안녕하세요."

그가 친절한 음성으로 응답하며 자리에 앉는다. 휴. 나는 안도감에 그제야 휴지로 땀을 닦는다. 그러자 팀장이 내게 묻는다.

"근데 하루 씨, 왜 아까 밖에서 그렇게 뛰었어요? 무슨 급한 일 있었어요?"

나는 돌아볼 수가 없다. 파운데이션과 땀이 적절하게 배합된 액체가 하얀 책상으로 '똑' 떨어진다.

오늘의 **마음 정리**

다시 한 번 말하지만,
나는 상사가 된 재현 씨가 불편하지 않다.
다만 가끔 눈치가 보일 뿐이다.

Chapter 7.

회사 가기 싫어서 병원에 갔다

'몸은 어때? 오늘 회사 갈 수 있겠어?'

아침에 눈을 떴을 때 몸이 가뿐했다. 지난밤 고열, 복통, 두통으로 저세상에 갈 것처럼 아팠건만, 자고 일어나니 멀쩡해진 것이다. 휴대전화를 확인해보니 먼저 출근한 남편에게 문자메시지가 와 있었다. 그는 주말 내내 몸이 아픈 아내를 위해 모든 집안일을 대신했고 죽도 끓여줬다. 정성이 닿으면 하늘은 감동한다. 약 없이도 병을 낫게 해준다. 이 모든 게 남편 덕분이었다. 그에게 고마움과 사랑을 담아 답장을 보냈다.

'아니, 아직 죽을 것 같아. 오늘 회사 못 가겠다.'

거짓말은 아니었다. 몸은 괜찮아졌지만 죽을 것 같았다. 진짜 진짜 회사에 가기 싫어 죽을 것 같았다. 게다가 월요일이 아니던가. 겨우 완쾌된 몸을 끌고 출근할 생각을 하니 다시 어지러워 하늘이 노랗게 변하면 어쩌나 싶었다.

'팀장님. 오늘 아파서 병가를 써야 할 것 같아요.'

'네. 오늘 하루 푹 쉬고 내일 봐요.'

이럴 바에는 아프고 말지. 그럼 회사를 안 갈 수 있지 않은가. 모두에게 아프다는 메시지를 보낸 후 모닝커피를 내렸다. 따뜻한 커피를 담은 잔을 들고 베란다로 나갔다. 고요한 집 안과 달리 밖은 바빠 보인다. 등교하는 아이들, 아이를 등교시키는 부모들, 출근하는 직장인들까지. 모두 어디론가 발걸음을 재촉한다. 그 모습을 바라보며 후루룩 커피를 들이켰다. 커피 향이 그윽하게 코와 입안에 맴돈다. 아주 오랜만에 느껴보는 맛이다. 연차의 맛.

커피를 마신 후 거실 소파에 누워 TV를 켰다. 케이블 채널에는 금요일 밤에 놓친 〈나 혼자 산다〉가 재방송 중이다. 가수 화사가 짜장라면에 트러플오일을 넣는다. 어떤 맛일까. 궁금하다. 그제야 배가 고프다. 부엌으로 가 수납장을 열어본다. 우리 집에는 국물 라면뿐이다. 하지만 화사에게 지고 싶지는 않다. 냉장고를 열어 파, 달걀, 버섯, 청양고추를 꺼냈다. 흔한 구성이라 마음에 들지 않는다. 냉동실을 열어 소고기와 전복을 찾아냈다. 메뉴 이름이 떠오른다. 황제 라면. 아니, 회장님 라면이다.

회장님 라면은 생각만큼 대단하지 않았다. 소고기를 많이 넣은 탓인지 국물 끝맛이 느끼했다. 결국, 밥을 말아 먹지 못했다. 남은 라면을 버리려는데 남편에게 또 문자메시지가 온다.

'병원 갔어? 안 갔으면 내가 반차 쓰고 가서 같이 갈까?'

'아냐. 괜찮아. 내가 알아서 갈게.'

'전복죽 남은 거 냉장고에 있으니까. 꼭 챙겨 먹어.'

미안해진다. 병원비는 보통 생활비 카드로 결제한다. 그가 퇴근하기 전까지 병원에서 결제한 문자메시지가 가지 않는다면, 계속 나를 걱정할 게 뻔하다. 생각해보니 어쩌면 회사에 진단서를 제출해야 할지도 모른다.

이러나저러나 일단 병원에 가야겠다.

집 앞 내과에 갔다. 아슬아슬하게 점심시간 전에 도착했다. 가까워서 자주 이용하는 병원인데, 매번 '스트레스를 받지 말라'는 의사 선생님 처방에 김이 빠지는 곳이다.

"어디가 불편하세요?"

"제가 금요일 밤에 체해서 토하고, 열나고, 머리 아프고, 몸

살 난 것처럼 계속 그랬네요."

"금요일 밤부터 지금까지 계속 같은 증상인가요?"

그렇게 아프면 혼자 병원 못 왔죠, 이렇게 대답하려다가 아직 속이 더부룩하고 피부에 오돌토돌한 열꽃이 남아 있다고 설명했다.

"대상포진 같은데요."

등에 남아 있는 열꽃을 보여주자 의사가 진단한다. 대상포진이라고?

집으로 돌아오는 길. 남편에게 전화가 왔다. 병원과 약국에서 결제한 금액이 그의 휴대전화에 찍힌 것이다.

"병원에서 뭐래?"

"큰일 났어. 나 대상포진이래."

시한부 선고를 받은 사람처럼 쓸쓸한 목소리로 대답했다. 놀란 그가 일찍 퇴근하겠다고 했지만, 그를 말렸다. 나는 괜찮다고.

원래는 병원에 갔다가 카페에 가서 아메리카노와 치즈케이크를 먹을 계획이었다. 한데 병원에서 나온 순간부터 몸이 좋지 않아 집으로 바로 돌아왔다. 옷을 갈아입으며 거울에 비친 등을 살펴봤다. 고장 난 로봇처럼 목을 틀어 붉은 자국이 있는 곳을 뚫어지게 쳐다봤다. 그러자 현기증이 밀려왔다.

다시 소파에 누웠다. 이번에는 TV를 켜지 않았다. 휴대전화로 '대상포진'을 검색하고, 증상과 처방에 대한 글을 읽다가 '72시간'이란 부분에 주목했다. 72시간 내 치료를 받아야 효과가 좋단다. 계산해보니 시간 안에 병원을 다녀왔다. 안도의 한숨을 쉬다가 잠이 들었다.

삑삑삑 삐비빅. 현관문이 열리는 소리가 들렸다. 남편이다. 시계를 보니 저녁 6시가 지나고 있었다. 4시간이나 자버렸다.

"괜찮아?"

남편이 걱정스러운 표정으로 묻는다. 나는 세상에서 제일 불행한 사람으로 빙의되어 절레절레 고개를 흔든다. 그런 그를 보고 있자니 마음이 아프다. 곧 남편은 내게 저녁밥을 차려줄 것이고, 나는 꾸역꾸역 저녁을 먹고 약을 삼킨 후 다시 잠들게 될 것이다. 슬프다. 눈 뜨면 또 화요일이 올 테고, 그럼 출근해야 한다. 속상한 마음에 이런 희망을 품는다.

오늘의 **마음 정리**

내일은 더 아팠으면 좋겠다.
대상포진아, 부탁해....

Chapter 8.

원래 월급은 욕 값이에요

"이런 회사는 처음 보네요."

기시감을 느꼈다. 분명 다른 사람, 다른 장소, 다른 시간에 있었다. 그러나 두 사람의 말은 토씨 하나 다르지 않았고, 뾰족하게 찌르는 말끝도 닮았다. 순간 원래부터 두 사람은 한 사람이 아닐까 싶었다.

그들은 회사에서 진행하는 프로젝트에 참여한 작가들이었다. 나는 10년 차 경력을 가진 두 명의 프리랜서 작가와 각각 한 달, 그리고 두 달을 함께 일했다. 글 쓰는 사람은 까칠할 것이란 오해가 있는데, 프리랜서로 일하는 작가들은 대체로 밝고 쾌활하다. 독립적으로 일하기 위해서는 스스로 브랜드가 되어야 하기 때문이다. 실력도 실력이지만 인상, 분위기, 말투, 행동 등 모든 게 계산되어 있다. 소속감을 벗고 사는 게 홀가분하지만은 않다. 매일매일 면접을 보는 기분으로 일한다. 어떻게 아느냐고? 몇 년간 자리 잡지 못했던 나의 프리랜서 생활이 그랬다.

이런 구구절절한 이야기를 하는 까닭은 어지간하면 그들 입에서 회사에 대한 불만이 터져 나오지 않는다는 것을 설명하기 위함이다. 뒤도 아니고 앞에서 또박또박 말한다는 건 '내가 다시는 너네랑 일하나 봐라'라는 뜻이다. 단단히 마음먹고 말하는 그들에게 내가 할 수 있는 대답은 이것뿐이었다.

"여긴 원래 이래요."

언제부턴가 회사에서 '원래'란 부사를 자주 쓰기 시작했다. 원래 그래, 원래 저래, 원래 이래. 마치 원래부터 원래를 외치기 위해 입사한 사람 같았다. 안다. '원래'는 '처음'과 '근본'을 뜻한다. 나는 회사의 역사가 깃든 처음과 근본을 모른다. 하지만 입사한 날 만났던 그날의 분위기와 사람을 기억한다. 이렇게 따지면 틀린 말도 아닐 것이다. 그들에게 내가 외친 '원래'는 무례하고 무식하고 무의미한 것이었다. 그러나 내 입은 멈추지 않았다. 게다가 위로랍시고 이렇게 덧붙였다.

"원래 이러니까 그냥 그러려니 해요."

사실 알고 있었다. 두 사람의 뾰족한 항의가 어디서 시작됐는지 말이다. 이게 다 '손 부장' 때문이었다. 그는 고객이랍시고 얼토당토않은 요구를 한다거나, 갑이랍시고 할 말 못 할 말 구분을 못 한다거나, 부장이랍시고 멋대로 사람을 깎아내리는 취미가 있었다. 본인의 부하직원은 물론, 파견직과 프리랜서를 망라하고 아랫사람으로 판단되면 거침이 없었다. 누군가는 그가 기선 제압을 위해 일부러 그런다고 말하기도 했다. 하지만 내게 손 부장은 원래 그렇게 태어난 사람처럼 보였다.

공교롭게도 두 작가 모두 손 부장과 회의를 한 후에 회사의 본질에 대해 물어왔다. 자신들이 밤낮없이 준비해 간 기획안을 거들떠보지도 않고, "내가 이걸 읽기는 좀 그렇고. 그냥 말로 해요." 이런다거나, 상대가 운을 띄우려고 하면, "됐고. 그냥 내가 정리해줄게. (중간생략)봐? 간단하잖아? 안 그래요? 이렇게 해"라며 자기 말만 남기고 사라지는 행동 탓이었다. 내게는 아주 익숙해서 아무렇지 않은 모습이었다. 그는 원래 그런 사람이니까.

"원래 월급은 욕 값이에요. 알죠?"

두 작가와 진행했던 프로젝트를 끝난 어느 날. 손 부장이 내게 저런 말을 했다. 승강기에서였다. 읽지도 않을 기획안을 또 만들라고 하자 팔자주름 위가 불쾌하게 떨리는 내 얼굴을 보며 한 말이었다. 월급이 욕 값이라니. 그의 놀라운 논리에 하마터면 주먹을 꽉 쥔 채 가운뎃손가락을 길게 펴서 보여줄 뻔했다.

먼저 내리는 손 부장의 뒤통수를 보며 몇 가지 궁금증이 생겼다. 정말 '원래' 다 이런 걸까. 모든 '원래'는 받아들이고 이해해야 하는 걸까. 그런데 사람들이 말하는 '원래'와 내가 성장하며 키워온 '원래'가 다른데, 나는 어떤 '원래'를 더 믿어야 하는 걸까. 사실 나는 오래전에 일하던 회사에서 두 작가와 비슷한 말을 선배에게 한 적이 있었다.

"이런 회사 처음 봐요."

회사와 상사에게 실망한 나약한 신입이 할 수 있는 최고 수위의 표현이었다. 그러자 선배는 내게 이런 조언을 했다.

"얘, 여긴 자본주의 국가야. 돈으로 뭐든 살 수 있어. 회사도 마찬가지야. 회사는 돈으로 평일 오전 아홉 시부터 여섯 시까지 네 시간, 네 노동력과 생각을 이용할 권리를 샀어. 넌 계약서를 쓰면서 동의했고. 서운하고 불쾌한 감정으로 집중하지 못하면 네 손해야. 그러니까 출근하기 전에 감정은 집에 두고 와. 그게 편할 거야."

욕을 먹어도 받아들여야 한다는 욕 값과 물건처럼 이용할 권리가 월급이라는 두 사람의 논리는 꽤 비슷하다. 아마 그들도 그들의 선배와 상사에게 비슷한 이야기를 들었으리라. 원래 그렇다고 주장해온 많은 것들이 구전 같은 거니까. 사실과 관계없이 누군가의 생각과 말이 뿌리에 뿌리를 내려 여기까지 온 것일 테니까.

안타깝게도 월급이 그런 거라면 우리의 미래는 끝장났다고 봐야 한다. 아무리 노력해도 인공지능보다 감정 없이 욕을 받아낼 배포도, 지치지 않고 이용당할 체력도, 우리 인간에게는 없다. 그리고 우리의 생각 속에 자리 잡은 '원래 그런 것'도 점점 힘을 잃어갈 것이다.

그러거나 말거나 월급이 욕 값이란 주장을 굽히지 않을 손 부장에게, 언젠가는 욕다운 욕을 해주고 싶다. 그리고 만약 그가 놀란다면 이런 말을 덧붙여줄 테다.

♥ 오늘의 **마음 정리**

"부장씩이나 돼서 욕 값 똑바로 못 해?
매달 욕 값은 꼬박꼬박 받아먹으면서,
욕만 하고 욕은 안 들어먹으려고 하고 있어!"

Chapter 9.

우디는
장난감이 아니었다

* 이번 글에는 동화에 대한 잔인하고 거북한 내용이 담겨 있습니다. 동심 파괴를 원치 않는 분들께서는 아래 첫 문단을 건너뛰고 읽어주시기 바랍니다.

《백설공주》에 등장하는 잘생긴 왕자가 공주에게 키스하고 결혼했던 진짜 이유가 사랑이 아니라, 왕자가 시체에 성욕을 느끼는 네크로필리아(necrophilia)란 사실을 숨기기 위함이었다는 이야기를 아는지. 《콩쥐팥쥐전》에서 팥쥐가 콩쥐를 죽이고 원님과 결혼했다가 원님에게 그 사실이 들통나서 사지가 찢겨 젓갈로 담가졌고, 이를 모르는 팥쥐 엄마가 그 젓갈을 맛있게 먹었다는 끔찍한 결말로 끝나는 동화란 걸 아는지. 어린 시절 읽고 들었던 예쁜 동화를 성인이 되어 다시 접했을 때 무섭게

다가오는 경우가 있다. 이런 이야기를 우리는 '잔혹 동화'라고 부른다.

얼마 전 〈토이 스토리 4(Toy Story 4)〉를 봤다. 디즈니에서 제작한 이 애니메이션의 첫 번째 시리즈를 본 게 중학생 때였다. 그렇게 24년. 잊을 만하면 새로운 시리즈가 개봉했고, 그때마다 나는 이 애니메이션 영화를 챙겨봤다. 함께 나이 먹는 장난감들의 안부가 늘 궁금했으니까.

시간은 기억을 가물게 만든다. 나는 9년 만에 개봉하는 네 번째 〈토이 스토리〉를 보기 위해 전편을 다시 훑었다. 그러다 놀라운 사실을 발견했다. 내가 봐왔던 전편이 모두 잔혹 동화에 가까웠다는 사실을 말이다.

〈토이 스토리〉 1, 2, 3편은 다른 사건이 전개되지만, 이야기의 큰 줄기는 하나다. 세 편 모두 주인공인 장난감 우디가 주인인 앤디에게 버려지지 않기 위해 애쓰는 모험담이다. 1편은 새로운 장난감 버즈의 등장으로 앤디에게 버려질 위기에 처한 우디와 장난감들의 이야기고, 2편은 팔이 망가진 우디가 앤디에게 버림받을까 봐 두려워하는 이야기다. 3편은 성인이 된 앤디가 우디와 장난감들을 버릴까 봐 또 걱정하는 이야기다. 나는 매번 우디와 장난감을 응원했다. 제발 아무 일 없이 집으로 갈 수 있기를. 앤디가 아직 너희를 소중히 여기고 있음을 확인받기를. 제발, 제발.

하지만 세월이 흘러 다시 〈토이 스토리〉를 봤을 때, 더는 우디와 장난감을 응원하고 걱정하지 않았다. 그저 쟤들과 내가 비슷하게 살고 있구나 싶었다.

나는 늘 우디처럼 울타리 안에 있었다. 가족이란 울타리 안에서 태어나 학교란 울타리 안에서 배웠고, 직장이란 울타리 안에서 경제활동을 했다. 프리랜서로 일한 경험이 있으나 완전한 독립을 하지 못했고 결국, 부모님 집에서 의식주를 연명했으니 살면서 한 번도 울타리 밖을 넘어가지 못했다. 지금까지 독립적으로 살아왔다고 믿었는데, 우디와 친구들을 보면서 내 삶에 의문이 생겼다.

많은 직장인이 회사란 울타린 안이 불만스러우면서도, 회사 밖이 두려워 어쩌지 못한다. 회사 안은 전쟁터고 회사 밖은 지옥이란 말이 괜히 나왔겠는가. 우리도 〈토이 스토리〉 속 우디와 장난감들처럼 산다.

경쟁을 뚫고 회사에 입사하지만, 쉴 새 없이 등장하는 경쟁자들 때문에 긴장하며 애쓴다. 연차가 쌓일수록 밀려날 것이 두려워 존재감을 드러내려 애쓴다. 그렇게 애쓰고 또 애쓰지만, 회사를 떠나야 할 때가 와버린다. 회사란 울타리를 벗어났을 때 많은 직장인이 자신을 '쓸모없어진 존재'라고 인식한다. 낡고 고장나서 주인에게 버림받아 마땅한 장난감과 같은 존재로 말이다.

여기서 더 잔인한 건 앤디는 장난감들에 애정과 추억이라도 품지, 회사는 우리에게 어떠한 감정도 없다. 길어지는 생물학적 수명과 자꾸만 짧아지는 경제학적 수명에 관심이 없다. 아, 한 가지 의식하는 게 있긴 있다. 회사 밖이 얼마나 불확실하고 두려운 곳인지 크고 작은 공포심을 심어준다. 이로써 더욱더 애쓰는 직원이 되도록 독려한다. 그뿐이다.

〈토이 스토리 4〉는 달랐다. 또다시 버려질 것을 걱정하는 장난감들의 이야기는 아니었다. 4편 속 우디는 장난감 특성상 노화 없이 팽팽한 얼굴을 유지하고 있었지만, 노련하고 깊이 있는 노인처럼 굴었다. 더는 자신을 원하지 않는 주인에게 애쓰지 않았다. 더는 자신을 원하지 않는 주인에게 돌아가지 않았다. 더는 불안해하지도 않았다. 비로소 자신만의 세계를 살아가게 됐다. 해피엔딩이다. 더불어 내 인생의 결말을 누르고 있는 묵직한 불안이 물 빠진 스펀지처럼 가벼워졌다.

회사란 울타리로 들어간 건 나의 선택이었다. 그렇다면 나의 삶이 '잔혹 동화'가 될지 '멋진 동화'가 될지 이것 또한 선택할 수 있는 게 아닐까. 내일 당장 선택하고 바뀔 수는 없겠지만 때가 됐을 때, 그때도 나의 가치를 잃지 않길 원한다. 우디처럼.

오늘의 **마음 정리**

그나저나 내일은 월요일이다.
일단 간다.
잔혹 동화 속으로.

2 장

퇴사,
씩씩거리며
씩씩하게

Chapter 1.

퇴사 후 1년 8개월간의 4단계 심리 변화

40여 년 전 복싱의 전설이 한 말이 나를 퇴사로 이끌었다.

1974년, 무하마드 알리는 조지 포먼과의 역사적인 복싱 경기를 앞두고 이런 말을 했다.

"나는 악어와 레슬링을 했고 고래와 몸싸움을 벌였으며 번개를 잡고 번개를 감옥에 던졌다. 바로 저번 주에는 돌멩이를 죽였고 바위를 다치게 했으며 벽돌을 응급실로 보냈다. 내 포스는 약도 아프게 만든다."

그로부터 40여 년 후, 나는 복싱의 전설로 남은 그의 말을 되새김질하고 있었다. 그러다 악어, 고래, 번개와 싸워본 적은 없으나 돌멩이, 바위, 벽돌 정도는 아프게 할 포스가 내게도 있을 거란 결론에 이르렀다. 그리고 나는 돌연 퇴사를 했다.

첫 퇴사는 아니다. 다만 20대에 했던 마지막 퇴사였다. 지금부터 시작되는 이야기는 출근하지 않고 보낸 1년 8개월간의 기록이자 당시 내가 단계별로 느낀 심리 변화에 대한 고백이다.

1. 확신 단계

실업급여. 퇴사 후에 알게 된 단어다. 진작 알았다면 어땠을까. 잠시 떠올려봤지만, 나와는 상관없는 정책이라 믿었을 것이다. 그리고 그땐 이미 편도 항공권을 결제한 후였다. 하루라도 빨리 한국을 떠나고 싶었다. 직장생활도 한국도 나와는 맞지 않는다는 확신이 들었다. 스물아홉 살에 얼굴에 마비가 왔다. 잠시였지만, 한쪽이었지만, 더불어 목도 잘 돌아가지 않았다. 충격적이었다. 이런 식으로 서른이 되고 싶지 않았다. 일단 퇴사 후 10개월간 여행을 다니기로 했다. 그때는 불안하지 않았다. 어떻게든 먹고살 자신이 있었다.

정작 싸한 느낌을 받은 건 서른을 맞이한 샌프란시스코에서였다. 마지막 여행지였던 그곳에 도착하자마자 비가 내렸다. 끼니를 챙겨 먹으러 갔던 차이나타운에서는 소매치기를 당할 뻔했다. 해외에서 10개월을 버텼으면 한국에서 10년을 버틸 에너지가 생길 거라 믿었다. 그런데 한국으로 돌아갈 날이 다가올수록 자신감이 떨어졌다.

2. 의문 단계

여행에서 돌아온 후 신중한 고민 끝에 몇몇 회사에 이력서를 보냈다. 연락이 없다. 긴가민가한 회사에도 지원해본다. 연락이 없다. 스스로 타협한 후 나와 맞는 경력직 자리에는 무조건 매달려본다. 또 연락이 없다. 여행을 가기 전까지만 해도 다섯 군데 지원하면 세 군데서 연락이 왔다. 문제가 생겼음을 직감한다. 일단 휴대전화 서비스 센터로 향한다. 해외에서 나와 함께 산전수전을 다 겪은 휴대전화가 쉬고 싶은 욕심에 중요한 연락만 거부하고 있는지도 모른다. 그러나 정밀 검사 결과 문제없음으로 판명 났다.

의문이다. 대체 벽돌과 충돌하면 내가 아닌 벽돌이 아플 거란 결론은 어디서 나왔던 걸까. 난 여행을 가기 전부터 몸이 만신창이였다. 벽돌이 아닌 작은 돌멩이와 부딪쳤어도 쓰러지는 쪽은 나였을 거다. 다시 거울을 살펴보니 무하마드 알리와 나의 공통점은 피부가 까맣다는 것 외에는 없었다.

결국, 나의 전투력을 깨운 건 전설로 남은 스포츠 스타의 명언이 아니었다. '여고괴담'보다 더 큰 공포를 안겨준 통장 잔액이었다.

3. 좌절 단계

돈이 궁했다. 한국으로 돌아오는 비행기 안에서 유쾌하지 않은 추억을 주었던 '출근하는 프리랜서 일'은 하지 않겠노라 다짐했으나, 끝내 출근하는 프리랜서 일을 하게 됐다. 그나마 나를 반겨준 일이었으므로 언제든 넙죽 절이라도 하겠다는 자세로 출근했더랬다.

3개월 후, 나는 프리랜서로 일한 회사 이사님으로부터 정규직을 제안받았다. 그러나 거절했다. 몇 푼 벌더니 다시 돈의 절실함을 상실했기 때문이 아니었다. 단기간에 나의 면역력을 초토화한 회사 업무와 사람들 때문에 하혈이 쏟아졌다. 밤이면 밤마다 스트레스와 우울증으로 울다 지쳐 잠이 들었다. 얼굴 마비와 목을 돌릴 수 없던 통증과는 비교가 되지 않았다. 몸이 아픈 것과 몸과 마음이 다 아픈 건 다른 차원의 고통이었다.

서른이 되면 다 괜찮아질 줄 알았다. 서른이 되면 단단해 질 줄 알았다. 서른이 되면 후회할 일이 적을 줄 알았다. 그러나 나의 서른은 상상과 달리 나약했으며 쉽게 좌절했다.

4. 부정 단계

그쯤 핵 주먹으로 유명한 마이크 타이슨의 명언도 알게 됐다.

"누구나 그럴듯한 계획을 가지고 있다. 한 방 맞기 전까지는."

퇴사하기 전에 이 말을 먼저 알게 됐다면 어땠을까. 그랬다면 적어도 실업급여를 받으며 쉴 방법을 찾았을 것이고, 주머니 사정에 맞게 여행을 다녀왔을 것이다. 한 방 맞기 전에 더욱더 그럴듯한 계획을 세웠으리라.

그래도 3개월 동안 새벽부터 밤까지 일한 덕분인지 당분간 버틸 돈이 생겼다. 건강이 좋지 않아 출근하지 않고 할 수 있는 프리랜서 일을 찾았다. 그제야 불안해졌다. 들쑥날쑥한 수입에 제때 입금해주지 않는 회사들까지. 일하는데 점점 더 가난해지는 기이한 현상을 경험하게 됐다. 대체 어쩌란 말인가. 다시 길을 잃은 기분이 들었다.

혹시 가난해질수록 멍청해진다는 말을 들어봤는지. 하버드 대학교 연구팀에 따르면 사람은 가난하고 절박한 순간에 IQ가 13 정도 하락한단다. 하룻밤을 새우거나 만취한 정신상태가 된다는 것이다. 따라서 이런 절박한 상황에 놓이게 되면 더욱 절박해지게 만드는 멍청한 선택을 하게 될 확률이 높아진다는 연구 결과인데, 내가 진짜 딱 그랬다.

나는 돈 때문에 다시 출근하는 프리랜서 일을 하게 됐다. 전에 일하던 회사처럼 업무 강도나 사람들이 견디기 힘든 정도는 아니었다. 그러나 예전에 받던 월급에 비교하면 훨씬 적은 돈을 받았다.

나는 점점 나를 부정하게 됐다. 나의 선택을 부정했고, 나의 상황을 부정하고, 내 능력을 부정하게 됐다.

오늘의 **마음 정리**

요즘도 5년도 더 된 1년 8개월간의 기억을 종종 곱씹는다.
그러다 혼자 피식 웃곤 한다.
하지만 만약 누군가 내게 "그래도 값진 경험이었지?"라고
묻는다면 "누구나 불필요한 궁금증을 가지고 있어.
한 방 맞기 전까지는"이라고 답할 테다.

Chapter 2.

퇴사해보니
돈은 허구가 아니더라

전년 대비 26.8퍼센트나 올랐다. 주가 얘기가 아니다.
2019년 1분기 과자 맛동산 가격이 인상된 폭이다.

1990년대 초반 맛동산은 500원이었다. 초등학생이던 내게 무시무시하게 고소한 맛이 나는 이 과자는 그닥 매력적이지 않았다. 그러나 나는 맛동산을 사기 위해 슈퍼마켓으로 전력 질주할 때가 많았다. 아빠에게 맛동산은 팝콘 대용이었다. 비디오 가게에 입고되는 최신 영화를 제일 먼저 대여해야만 직성이 풀리는 아빠였다. 그리고 영화가 시작되기 전에 준비되어야 할 것이 쟁반에 올려진 맛동산이었다.

이토록 중요한 맛동산이 늘 집에 있는 건 아니었다. 과자가 없을 때는 누군가 잽싸게 나가서 사와야 했다. 그렇다. 그 누군가는 집에서 제일 어린 나일 때가 많았다. 불공평한 처사였지만, 불평하지 않았다. 그때마다 아빠가 내 손에 쥐여준 1,000원 덕분이다. 암묵적으로 맛동산을 사고 남은 500원은 내 것이었다. 이것은 심부름 값이자 구매대행 서비스 이용료였다.

지금 와 생각해보면 아빠가 시킨 심부름은 딸을 위한 경제교육이 아니었나 싶다. 돈은 일해야 생기는 것이다, 돈이 없으면 맛동산을 살 수 없다, 이런 걸 알려주고 싶었던 게 아닐까. 안타깝게도 아빠의 노력에도 내게 경제관념이 생긴 건 퇴사하고 무일푼이 된 후였다.

내게 돈은 허구였다. 여기저기서 주워듣고 읽은 내용에 따르면 돈은 예측할 수 없는 종이다. 본래 돈이라 불리는 종이는 과거 금과 은을 교환하는 증서였다. 한데 영리한 은행이 증서를 이용해 부를 쌓기로 한다. 증서를 사람들에게 빌려주고 이자를 받기 시작한 것이다. 이로써 실제 은행에 보관된 금보다 많은 증서를 찍어내게 됐다. 그러다 세계 강국인 미국이 무역적자로 어려워지자, 금으로 교환받던 증서가 미국을 믿고 무한정 찍어낼 수 있는 화폐로 바꼈다. 이제 돈은 실물자산인 금으로 교환되지는 않는다. 가치도 시장에 의해 달라졌다. 내가 아무리 많은 돈을 가졌다 한들, 화폐 가치가 하락하면 돈은 정말 종이에 불과할 수도 있다. 더는 맛동산을 500원에 살 수 없는 까닭도 이와 무관하지 않을 것이다.

처음부터 돈을 허구라 생각한 건 아니었다. 사회초년생 때는 돈을 꽤 열심히 모았다. 점점 불어나는 통장 숫자가 든든하기도 했으니까. 그때 나는 투잡을 뛰었다. 평일에는 직장에 다녔고 주말에는 과외를 했다. 악착같이 살려던 건 아니었다. 어쩌다 보니 취업하기 전에 했던 과외를 관두기 어려웠을 뿐이다.

그때 나는 신입 기자였다. 주말에도 취재를 나가야 할 때가 많았고 그런 와중에 과외까지 맡았다. 당연히 놀 시간이 부족했다. 친구들은 돈을 벌기 시작하면서 예쁜 옷을 입었고, 좋은 곳에 갔으며, 맛있는 음식만 골라 먹었다. 한데 난 그럴 시간이 없었다. 하지만 그런 아쉬운 마음도 통장에 돈이 쌓이는 뿌듯함과 바꿀 수 없었다. 그때 내 연봉은 2,400만 원 정도였는데, 6개월 만에 통장에 1,000만 원이 모였다. 백수로 지낼 때 생긴 빚까지 모두 청산한 후에도 말이다.

그렇게 8개월이 다 되어가던 어느 날, 나는 쓰러졌다. 과로사는 아니었다. 막걸리 한 잔에 정신을 잃은 것이다. 원래부터 술을 잘 못 마신다. 그렇다고 막걸리 한 잔에 쓰러질 주량 또한 아니었다. 몸에 나타나는 이상 신호는 더 있었다. 별일이 없으면 금요일 밤은 영화나 드라마를 보며 잠이 들었는데, 언제부턴가 다음 날 눈이 잘 떠지지 않았다. 금요일 밤 10시에 잠들어 토요일 밤 10시에 눈을 뜬 날도 있었다. 몸이라도 개운했으면 좋았으련만. 물먹은 도톰한 니트처럼 몸이 무거웠다. 그 후 생리 주기도 예측하기 어려워졌다. 한 달에 두 번, 두 달에 한 번, 이런 식이었다.

병원에 가 건강검진을 받았다. 갑상선 결절, 만성 위염, 허리 디스크 초기 등 열심히 일한 몸뚱이는 어느 한 곳 성한 곳이 없었다.

그때부터였다. 과외를 관두고, 시간이 날 때마다 여행을 다녔다. 금요일 밤에는 친구들과 가격은 사악하지만 사진 찍기 좋은 식당에서 저녁을 먹었다. 주말에는 이름조차 발음하기 어려운 작가들의 전시회에 다녔다. 쇼핑도 했다. 난해한 디자인에 편히 착용하기 힘든 옷과 액세서리가 대부분이었다. 이것이 바로 소비에 편향된 욜로였다.

독립도 했다. 회사 근처에 집을 구했다. 창문을 열어두면 금세 발바닥이 까맣게 변하는 대로변에 있는 오피스텔이었다. 하얀 화장대, 하얀 침대, 더 하얀 소파. 그것들을 집안에 들여놨다. 마지막은 와인 장식장이었다. 야근 후 와인을 마시며 창밖을 내다보곤 했다. 8차선 도로를 가로지르는 성난 자동차 소리뿐인데도, 내 삶이 꽤 그럴듯해 보였다.

욜로의 끝은 퇴사 후 장기간 여행을 떠난 후부터였다. 8개월 만에 빚을 청산하고도 1,000만 원을 모았던 성실한 사회초년생은 모은 돈을 여행에 쏟아부었다. 여행을 마치고 한국에 돌아왔을 때 통장에는 커피 한 잔 사 마실 돈도 남아 있지 않았다. 돈은 봄볕에 녹는 눈 같았다. 조용히 사라졌고, 흔적이 남지 않았고, 정신을 차렸을 땐 모든 풍경이 달라져 있었다.

서른이 넘어 무일푼이 된다는 건 꽤 심각한 문제였다. 때마침 아빠의 사업도 어려워졌다. 오빠까지 함께 일하는 사업장이었다. 아빠 주머니 사정이 곧 우리 집 경제 상황으로 직결됐다. 백수로 돌아온 집은 형편이 녹록지 않았다.

"혹시 돈 좀 있어?"

정신 차리고 다시 프리랜서 일을 시작할 때였다. 살면서 단 한 번도 돈 얘기를 먼저 꺼낸 적 없던 아빠가 물었다. 생활비를 카드로 썼는데 갚을 돈이 없다는 것이었다. 남에게 돈을 빌려만 줬지, 빌린 적이 없던 아빠가 뻔한 형편이란 걸 아는 딸에게 손을 벌리기까지 얼마나 어려웠을까. 그때 문득 맛동산이 떠올랐다. 이 말을 꺼내기 얼마 전 아빠와 나는 마트에 갔었다. 과자가 진열된 코너를 지나는데 맛동산이 보였다. 아빠는 잠시 그 앞에 머물다가 이내 지나쳐버렸다.

그제야 돈이 아까웠다. 내 몸보다 자주 닦아야 해서 얼마 앉지 못한 하얀 소파, 언제 쓸지 기약 없는 물건을 한국으로 가져오기 위해 낸 비행기 수화물 추가 비용, 시차 적응을 하겠다며 통장에 남은 돈으로 사 마신 아메리카노까지. 그동안의 가벼운 소비가 무거운 손실로 다가온 순간이었다.

네덜란드에 이런 속담이 있단다.

돈으로 집은 살 수 있지만, 가정은 살 수 없다.

돈으로 침대를 살 수 있지만, 잠은 살 수 없다.

돈으로 시계를 살 수 있지만, 시간은 살 수 없다.

돈으로 책을 살 수 있지만, 지식은 살 수 없다.

돈으로 약을 살 수 있지만, 건강을 살 수 없다.

언뜻 돈과 행복이 무관하다는 것처럼 들린다. 문장을 바꿔 봤다.

집이 있으면, 가정은 더욱 안정적이다.

침대가 있으면, 수면의 질이 높아진다.

시계가 있으면, 시간을 효율적으로 쓸 수 있다.

책이 있으면, 지식을 더 많이 얻을 수 있다.

약이 있으면, 건강관리에 도움이 된다.

돈이 행복을 가져다주진 않는다. 그렇지만 돈이 있으면 불행할 확률이 줄어든다. 이것이 내가 소비를 손실로 느낀 이유다. 돈 때문에 삶이 불행해질지도 모를 위기를 느꼈으니까.

내가 소득과 소비의 균형을 맞춰가며 이루고픈 것, 돈으로 이루고픈 미래 경제력은 어마어마한 게 아니다. 우선 26.8퍼센트가 아닌 268퍼센트가 인상되더라도 아빠에게 맛동산을 사주고 싶다. 비록 거실에 내 몸보다 소중히 다뤄야 하는 새하얀 비싼 소파는 없더라도, 대출금 없는 집에서 살고 싶다. 아주 가끔 가성비를 무시한 소비를 하고 싶다. 작은 실패에 와르르 무너져 세상에 야박해지기 싫다. 무엇보다 모래시계를 바라보는 심정으로 언제까지 회사에 다닐 수 있을지 고민하기 싫다.

오늘의 **마음 정리**

이제는 안다.
'회사에서 받은 스트레스'를
'회사에서 받은 월급'으로 소비해도
해소되지 않는다는 사실을 말이다.

Chapter 3.

연애 권태기와 직장생활 권태기의 7가지 공통점

누군가 그랬다.
계속 두근거리면 심장질환을 의심하라고.

한결같이 뜨거운 것은 체질이 태양인이기 때문이라고. 두근거림은 언젠가 멈춘다. 뜨거움은 미지근해지다 끝내 차가워진다. 감정은 매일 보는 내 얼굴처럼 서서히 달라진다. 그러니 절대로 변하지 않을 것 같았던 연인을 향한 두근거림도, 뽑아만 준다면 회사의 마른 장작이 되어 이 한 몸 불태우겠다던 열정도, 서서히 둔해지다 멈춘다. 우리는 이 증상을 '권태기'라 부른다.

연애와 회사생활. 가장 사적이고 또 굉장히 공적인 이 두 생활 속에서 일어나는 권태기 증상은 의외로 비슷하다.

1. 말수가 줄어든다

연인과 회사에 대한 집중력이 떨어지면 시야가 넓어진다. 그렇다. 우리에게는 소중한 연인이 생기기 전에, 원하던 직장인이 되기 전에, 그전부터 내가 소중히 여기던 것들이 존재한다. 연애와 사회생활의 적응기가 폭풍처럼 지나가면 구름 속에 가려져 있던 소중한 것들이 보인다. 그럼 다시 그것들에도 마음이 쓰인다. 그러나 연인과 회사에 이런 마음을 들키는 게 불편하다. 자칫 변심했다는 오해를 불러일으킬 수 있기 때문이다. 그래서 말수가 줄어든다. 연락이 뜸해진다. 대답도 짧아진다. 넵, 옙, 웅, ㅇㅇ, ㅋㅋ.

2. 단점을 지적한다

드디어 '좋아 보이던 것'들 옆에 있던 '좋아 보이지 않는 것'들이 두드러지기 시작한다. 그렇게 하나둘 보이는 단점의 가짓수가 장점보다 많아진다. 결국에는 좋아 보이던 것까지 맘에 차지 않는다. 게다가 이 시기에는 다른 이성과 다른 회사가 더 괜찮아 보인다.

3. 의욕이 사라진다

데이트하러 가는 길, 출근하는 길, 그 길을 가는 다리에 모래주머니가 달린 듯 무겁다. 어디 이뿐만인가. 반대로 헤어지고 돌아오는 길과 퇴근하는 길은 마치 공중 부양으로 이동하는 것처럼 가볍고 또 가볍다. 이 외에도 하고 싶은 게 많던 데이트 코스도 없어지고, 간단한 업무에도 속도가 나지 않는다.

4. 아까워진다

나의 돈과 시간을 쓰는 게 아까워진다. 연인의 경우 데이트 횟수가 줄어든다. 그리고 데이트 코스도 집이나 동네 근처가 된다. 독립한 경우에는 집을 선호하게 되는데 영화비, 식사비, 모텔비가 절약되는 합리적인 선택이 된다. 직장인의 경우 돈보다 시간에 야박해진다. 나의 소중한 시간을 회사에 허비하고 싶지 않다. 업무 속도는 느려지는데 퇴근 시간은 빨라진다. 그러다 회식이라도 잡히면 불쑥 이마저도 야근수당을 신청하고 싶어진다.

5. 비교하게 된다

아는 이성과 나의 연인을 비교하게 되고, 아는 회사와 나의 회사를 비교하게 된다. 비교가 시작되는 순간 이미 '나의 것'이

불리해진다. 이미 경험한 것과 아직 경험하지 않은 것은 기대감 자체가 다르다. 분명 지금의 연인과 회사보다 더 괜찮은 사람과 더 나은 회사가 있을 수도 있다. 그리고 '더 좋은 것'에는 끝이 없다. 우리는 '내 것'과 '남의 것'에 대한 비교는 많이 하면서도, 어제의 나와 오늘의 나에 대한 비교는 적게 한다.

6. 비밀이 쌓인다

말수가 줄어들면 비밀이 생길 수밖에 없다. 털어놓고 싶지 않은 게 늘어나면 숨기는 게 많아진다. 하루라도 보지 않으면 견디기 힘들었던 마음이 식었다고 말할 수는 없다. 다른 회사 채용공고를 업무시간에 확인한다는 것을 들키고 싶지는 않다. 지금 헤어지자는 게 아니다. 당장 관두겠다는 게 아니다. 그저 자꾸만 비밀이 쌓여갈 뿐이다.

7. 거짓말이 늘어난다

미국 트럼프 대통령이 취임한 이래 928일 동안 1만 2천19회에 걸쳐 거짓말을 했다고 한다. 역시 정치인은 어쩔 수 없는 걸까. 글쎄다. 미국 캘리포니아대학교 연구팀에 의하면 사람은 하루 평균 200번 정도의 거짓말을 한단다. 시간으로 따져보면 하루에 8분 간격으로 거짓말을 하는 셈이다. 우린 연애와 회사생활이 뜨거울 때도 "이런 감정은 처음이야"라든가 "회사에 뼈를 묻겠습니다" 같은 선의의 거짓말을 한다. 그러나 권태기에는 회피형 거짓말이 늘어난다. 내 마음이 요즘 식었다는 말, 제가 요즘 이직을 준비하고 있다는 말, 이런 말을 직접 하지 않으려다 보니 진심이 아닌 것들, 그러니까 회피형 거짓말을 하게 된다.

오늘의 **마음 정리**

다시 사랑하거나 헤어지거나
다시 열심히 일하거나 퇴사하거나.
권태기는 선택했던 일을 다시 선택해야 하는 시기다.

Chapter 4.

감정적인 퇴사는 현실적인 내일로

수정, 수정, 수정, 수정, 수정.

새로 온 본사 담당자 지순 씨 때문에 내 친구 '수정이'까지 싫어지려는 요즘이다. 그렇다고 전에 함께 일했던 석현 씨랑도 찰떡처럼 잘 맞았던 것은 아니다. 다만 석현 씨와 나에게는 오글거림을 참지 못한다는 공통점이 있었다. 둘 다 담백하고 명확한 메시지가 담긴 기획안과 글을 선호해 의견이 엇갈리는 일이 적었다. 과거에 집착하고 싶지 않지만, 요즘 지순 씨의 과한 감성과 마주할 때면 석현 씨가 그리워진다. 어제도 그랬다. 나는 '청춘'을 주제로 제작될 영상에 들어갈 자막을 작성해

지순 씨에게 전송했다.

'청춘의 미래는 눈부셔야 하지만 오늘의 청춘은 불안합니다.'

겨우 5초 동안 지나가는 장면에 넣을 문장이었다. 하지만 지순 씨는 한 문장이었던 나의 글을 무려 세 문장이나 다름없는 두 문장으로 늘리는 능력을 발휘하며 수정을 요청했다.

'숨만 쉬고 있어도 돈이 나가는 이 도시에서 저는 어디로 가야 하는 걸까요? 누구는 청춘이 최고라며 눈이 부시다고 하지만, 오늘도 온몸이 상처투성이인 나는 자꾸만 불안하고 더 작아집니다.'

이 글에서 내 눈은 어디로 가야 하는 걸까? 5초 안에 저 길고 느끼한 자막을 넣으려면 문장을 어떻게 고쳐야 할까. 그냥 다 삭제해버리는 게 좋지 않을까. 이렇듯 지순 씨의 글은 나를 불안하고 작아지게 만들었다.

콘텐츠를 제작하는 업무는 취향이 다른 담당자나 고객과 일할 때가 제일 곤욕스럽다. 수정하고, 또 수정하고, 다시 수정하고, 자꾸 수정하다 보면 기획안보다 내 마음이 구겨지는 순간이 있을 뿐만 아니라, 가끔은 상대의 기분을 바스락 밟을 만한 얘기를 하고 퇴사해버리고 싶을 때도 있다. 곱씹어보니 이와 흡사한 퇴사 기억이 하나 있긴 하다.

20대 중반이었던가 후반이었던가. 아무튼, 그쯤 아주 잠깐 한 중견기업 온라인 홍보 담당자로 입사한 적이 있었다. 출근한 날부터 사무실 분위기와 직속 상사가 심상치 않음을 느낄 수 있었다. 상사였던 송 과장은 인수인계라든가 업무 내용을 설명해주지 않았고, 전임자가 해온 일을 알고 싶다는 말에도 묵묵부답이었다. 그저 채용공고에 있던 내용 그대로 내 일이 블로그, 트위터, 페이스북, 웹진에 들어갈 콘텐츠를 구성하고 관리하는 것이라 알려줄 뿐이었다.

나는 업무 파악을 위해 퇴사한 전임자의 노트북을 살피며 옆자리에서 전혀 다른 업무를 하는 동료에게 이것저것 물었다. 그 결과 매달 회의를 통해 한 달간 제작하고 올릴 콘텐츠의 일정표가 있음을 알게 됐다. 그리하여 노트북에 남아 있는 일정표대로 일단 블로그 포스팅을 하고, 다음 달 일정표 회의에 새로운 콘텐츠를 제안하기 위해 기획안을 작성했다. 그렇게 출근한 지 4일이 되던 날. 송 과장이 내게 할 말이 있다며 나를 옥상으로 불러냈다.

"하루 씨한테 기대가 컸는데 실망스럽네."

"왜요?"

"변화가 없잖아. 블로그도 그렇고 다른 플랫폼도 그렇고."

무언가를 물어볼 때마다 "알아서 해요.", "그런 것까지 말해줘야 해요?", "전에 이런 일 해봤다면서요?"라며 타박부터 해대던 그 입에서 '실망'이란 단어가 튀어나왔다. 까칠한 성격인 줄 알았던 상사는 조급증까지 있었다. 지금 와서 따져보면 이도 저도 아닌 '그냥 텃세'였는데 그때는 굉장히 불쾌했다.

"아, 그래요? 그렇게 생각하신다면 관둘게요."

이런 말을 하려던 게 아니었다. 그냥 기분이 나쁘다는 표현을 하고 싶었을 뿐이었다. 이 회사에 입사하기 전까지 영화를 과하게 봤던 걸까. 나는 독기 품은 눈빛으로 그를 째려보며 관두겠다고 했다. 송 과장도 처음에는 어이없는 표정을 지었지만, 이내 눈 깜빡임도 없이 째려보는 내 표정에 놀랐는지 눈을 아래로 깔았다. 그렇게 사무실로 돌아왔을 때 옆자리 동료가 "혹시 송 과장 지랄하지 않았어? 저 인간 때문에 나간 사람이 한둘이 아니야"라며 말을 걸었다. 그 덕에 전임자가 아무런 인수인계도 없이 급하게 퇴사한 까닭을 짐작할 수 있었다.

전 직장에서도 상사 때문에 고생했던 나는 더는 망설일 게 없었다. 옥상에서 내려온 송 과장은 부드러운 말투로 내게 다시 이야기하자고 했지만, 나는 그를 무시하고 팀장에게 회사를 관두겠다고 알렸다. 팀장도 집히는 데가 있던 건지 송 과장을 흘겨봤다. 그 순간 길 잃은 강아지처럼 팀장을 바라보는 송 과장의 얼굴을 보자 통쾌했다. 그러나 즉흥적이었던 퇴사의 통쾌함은 딱 여기까지였다.

말리는 팀장과 동료를 등지고 4일 만에 짐을 챙겨 나왔다. 일도 많은데 사람까지 힘든 건 최악이었다. 이 회사가 그런 곳임을 빨리 알 수 있어 다행이었다. 게다가 구직 활동한 지 얼마 되지 않아 입사한 곳이었으므로, 다시 취업을 준비하는 게 큰 문제가 되지 않았다. 한데 짐을 들고 집으로 돌아가는 버스에 올랐을 때 알 수 없는 착잡함이 밀려왔다.

버스 맨 뒷자리에 앉자, 영화 〈졸업(The Graduate)〉의 마지막 장면이 떠올랐다. 남자 주인공 벤자민이 다른 남자와 결혼하는 여자 주인공 엘레인의 결혼식장에 찾아가 난생처음 과감한 행동을 한다. 벤자민은 엘레인과 함께 식장 문을 십자가로 봉쇄하고 도망가 버스에 오른다. 그들은 버스 맨 뒷좌석에 앉아 개운한 표정으로 서로를 바라보며 웃는 것으로 영화는 끝난다. 많은 이들이 이 장면을 해피엔딩으로 기억한다. 하지만 자세히 보면 서로를 바라보며 웃던 커플이 정면을 바라볼 때는 어두운 표정이 되어버린다. 게다가 그들을 바라보는 버스 안 나이든 승객들 역시 그들을 무표정하게 바라본다. 나는 이 장면에서 영화가 끝나고 펼쳐질 낭만적이지 않을 현실이 걱정됐다.

바야흐로 퇴사를 권하는 시대다.

그러나 이럴수록 퇴사를 결정할 때 신중해야 한다. 어디에도 비빌 언덕이 없는 청춘에게 즉흥적인 퇴사는 오히려 독이 된다. 회사란 현실이 지옥이라면, 회사 밖은 지옥 불이다. 고로 감정적인 퇴사가 아닌 계산적인 퇴사가 필요하다. 미리 이직할 곳을 정해둔다거나, 더 적성에 맞는 일을 경험하겠다는 결심과 계획이 있다거나, 퇴직금으로 몇 달간 쉬며 건강을 회복하겠다든가 하는 확실한 계획이나 분명한 목표가 있어야 한다.

내가 이런 꼰대 같은 말을 하는 이유는 홧김에 퇴사한 후 두 달간 부모님께 생활비를 빌렸기 때문이 아니다. 그것도 모자라 친구 만날 돈이 없어서 아빠 지갑에서 만 원을 슬쩍 훔쳤기 때문도, 이 일로 아버지께 처음으로 걸쭉한 욕을 들어서도 절대 절대 아니고, 두 달간 밀린 적금, 연금, 카드 값이 괴로워서도 아니다.

그저 이토록 불안한 현실에 대비할 시간을 최대한 확보한 후 결정해야 한다는 것이다.

오늘의 **마음 정리**

참고로 슬쩍 돈을 가져간 일로 화가 난 아빠는
빌려준 돈을 대부업체 이자로 계산해 달라고 하셨다.
재취업 후 한동안 나는 아빠가 내 방에 빨간 딱지를
붙일까 봐 전전긍긍해야 했다.

Chapter 5.

치밀한
퇴사자와의 인터뷰

'나 놀려고 퇴사했어.'

현진 선배의 메시지를 읽고 또 읽었다. 엉뚱한 사람인 줄은 알았지만 40대 중반에 놀려고 퇴사했다니. 게다가 맞벌이하던 부부의 동반퇴사였다. 나는 선배에게 전화해 대체 무슨 일이냐고, 사람들은 선배가 로또 당첨이 됐거나 주식 또는 가상화폐로 대박 난 줄 안다고, 나한테는 솔직히 말해달라 졸랐다. 그러자 선배는 "나름 치밀하게 계획된 퇴사거든?" 하며 웃는다. 대체 뭘까. 나는 궁금한 마음에 선배에게 인터뷰를 요청했다.

Q. 왜 퇴사했어요?

A. 말했잖아. 놀고 싶었다니까.

Q. 회사 다니면서도 주말에 놀 수도 있잖아요.

A. 회사가 쉬는 날은 다 비싸. 항공권도 비싸고, 숙소도 비싸고, 무엇보다 비싼 돈 내고 오래 못 있으니까 아깝고 아쉽더라. 그래서 5년 전부터 퇴사를 계획했지. 원래 목표는 2018년 연말에 퇴사하는 거였는데 좀 늦어졌어. 대출금을 다 갚느라고.

Q. 대출금? 선배 신혼 때 장만한 오피스텔 대출금은 이제 없잖아요?

A. 집을 두 채 더 장만했어.

Q. 로또네, 로또. 솔직히 말해봐요. 뭔가 대박 난 거죠?

A. 로또 같은 소리 한다. 두 채라고 해도 대단한 거 아냐. 경기도에 있는 작은 집 두 채 더 장만한 거니까. 게다가 낡은 빌라에 있는 집이야. 두 채 다해도 1억 후반? 그 정도야.

Q. 부동산 투자 공부했어요?

A. 신혼 때 샀던 오피스텔은 월세 주고 나랑 아내는 작은 빌라에서 전세로 살았잖아. 이렇게 해보니까 월세를 좀 더 받으면 퇴사하고 2년쯤 놀 수 있을 텐데, 싶더라고. 그래서 주말마다 아내랑 데이트할 겸 경기도 쪽으로 발품 팔아서 집 두 채 더 장만했어. 그리고 몇 년 동안 그 집들 대출금을 다 갚았지. 이제 빚은 없고 매달 세 군데서 월세 200만 원씩 나와.

Q. 진짜 대박인데요?

A. 근데 우리 부부는 아이 없는 맞벌이 부부라 가능했던 것 같아. 아이가 있었다면 이런 계획을 세우기 어려웠을 거야. 그리고 아내랑 나는 꼭 서울에 있는 아파트에 살아야 한다는 생각이 없었어. 10억짜리 아파트에 살면 행복할까? 그건 잘 모르겠지만, 확실한 건 그 옆에 있는 2억짜리 빌라 전세에 산다고 불행하진 않더라.

Q. 근데 선배는 지금 어디 살아요? 다 월세 줬다면서요?

A. 서울에 살던 빌라 전세금 받아서 남은 대출금 갚고 서울 생활 정리했어. 지금은 군산에 내려와서 아파트 전세 얻

어서 살고 있어.

Q. 군산에요? 거긴 왜? 그리고 지방도 아파트 전세는 만만찮지 않아요?

A. 퇴사하기 전에 지방을 쭉 돌아다녀 봤거든. 근데 나는 군산이 마음에 들더라고. 주변에 여행 갈 곳도 많고. 무엇보다 전셋값이 매력적이야.

Q. 얼만데요?

A. 700만 원! 근데 더 대박인 건, 역삼동에서 살던 빌라보다 훨씬 넓고 좋다는 사실!

Q. 거짓말! 그런 집이 어딨어?

A. 내가 시세보다 200만 원 정도 싸게 들어오긴 했어. 근데 지방에서는 이 가격에 집을 구하는 게 가능하더라고.

Q. 민감한 질문일 수 있는데, 200만 원으로 정말 생활할 수 있어요?

A. 일단 한 달에 고정비 포함해서 100만 원 정도 나가도록 설계해놨고. 나머지 100만 원은 모아서 해외여행 나갈 때

쓰려고. 만약 돈이 부족하면 아르바이트할 생각이야. 요즘 기본 시급도 올랐잖아.

Q. 좀 더 민감한 질문을 할게요. 선배 나이가 이제 40대 중반인데 불안하지 않아요? 다시 취업하기 쉬운 나이가 아니잖아요.

A. 그렇지. 근데 이렇게 살아보는 것도 지금 아니면 못 해. 지금이라도 아내랑 여행 가서 예쁜 사진 찍어서 SNS에 자랑질도 하고, 둘이 한가롭게 대화하고 늦잠자고 드라이브하면서 살아보고 싶어. 사소하고 별거 아닌 것 같지만 이것도 체력 떨어지면 하기 어려운 일이거든.

Q. 전요, 예전에 긴 여행을 다녀왔는데요. 그 후에 취업이 잘 안 돼서 힘들었어요. 선배, 괜찮겠어요? 정말?

A. 그건 네가 전에 받았던 연봉과 조건으로 일하고 싶어서 그랬던 게 아닐까? 난 이제 작은 회사에서 월급 200만 원만 받아도 일할 수 있어. 그러기 위해서 월세 200만 원이 들어오도록 5년간 열심히 노력하기도 했고.

Q. 요즘 퇴사와 이직을 많이 하는 것 같은데요. 선배는 이 점에 대해 어떻게 생각해요?

A. 당연한 현상인 것 같아. 회사를 통해서 노후를 보장받는 세상은 끝났잖아. 이런 상황에서 회사에 인생을 걸고 충성할 사람이 몇이나 있겠어. 한국에 공시족(공무원 시험 준비 수험생)이 많은 것도 다 이해가 되더라. 하지만 그렇다고 즉흥적으로 퇴사하진 않았으면 좋겠어. 퇴사는 쉬워졌지만, 입사는 어려워졌잖아.

Q. 그럼 어쩌라고요? 퇴사하지 말고 버티라고? 선배는 이렇게 퇴사해놓고?

A. 회사 다니는 이유가 뭐겠어. 다 먹고 살려는 거잖아. 그러니까 당장 먹고 죽을 돈도 없을 때는 열 받는다고 퇴사하지 말라는 거야. 되도록 이직한 후에 퇴사하는 걸 권하고 싶어. 그리고 시발비용(스트레스를 받아 지출하는 비용) 지출도 관리가 필요한 것 같아. 원하지 않게 퇴사할 수도 있는데 그때 여유자금이 없으면, 시발비용이 두 배로 지출되는 회사로 허겁지겁 들어가게 될 수도 있으니까. 물론 따로 목표한 바가 있다거나, 나처럼 계획적으로 준비한 퇴사는 나쁘지 않을 것 같아.

Q. 마지막으로 선배처럼 퇴사하고 싶어 하는 사람들한테 해 줄 얘기 없어요?

A. 출근해서는 성실하게 일하고, 퇴근 후에는 귀찮아도 퇴사준비나 노후준비에 관심을 쏟아야 해. 주말에는 새로운 경험을 하면서 이런저런 기회도 찾아봐야 하고. 세상이 참 피곤해졌어. 해야 할 일이 많아졌거든. 근데 삶이 그렇더라. 남들보다 부지런히 움직이는 사람이 실패할 확률이 적어. 퇴사도 똑같아. 버틴다고 생각하면 괴로워. 그러니까 제대로 관두겠다는 마음으로 차곡차곡 퇴사 계획을 세우는 게 좋아.

오늘의 **마음 정리**

버틸 수 있을 때까지 버티다가 하는 게
퇴사인 줄 알았다.
버틸 수 있는 삶이 될 때 비로소 하는 게
퇴사인 줄 몰랐다.

3장

일도 사람도
리셋하고픈
월요일

Chapter 1.

강력한 한 방보다 산만한 잽이 필요해

*이번 글은 퇴근길 고속도로를 질주하는 버스 안에서 싸움을 목격한 후 작성했습니다.
사건의 전말을 쉽게 이해할 수 있도록, 한 사람은 '소주 아저씨,' 또 한 사람은 '인삼주 아저씨'로 지칭하였음을 미리 알립니다.

그 싸움은 예견된 것이었다. 버스에 오르자 인삼주 향이 코를 찔렀다. 앞에서 두 번째 자리에 앉아 있는 '인삼주 아저씨'는 숙취 가득한 얼굴로 사람들에게 접선을 시도했다.

"신이 버스에서 내리는 걸 뭐라는 줄 알아요?"

아무도 대답하지 않았다. 옆자리 젊은 여자는 이어폰을 꽂고 건너편 아주머니는 고개를 돌릴 뿐이었다. 그러자 아저씨는 그 사이를 지나치던 내게 답을 흘렸다.

"신.내.림."

나는 마지막 빈 좌석에 앉았다. 버스 가장 뒷자리에 있는 가운데 좌석. 그곳에 앉아 인삼주 아저씨의 퀴즈를 곱씹어보니 말이 되긴 했다. 신내림 말이다. 인삼주 아저씨는 5분 후에 누굴 만나게 될지 모른 채 언뜻 시답잖은 것 같지만 들어보면 그럴싸한 문제를 이어갔다.

'소주 아저씨'가 버스에 오른 건 고속도로로 진입하기 전 정거장에서였다. 두 사람은 만나자마자 불꽃이 튀었다. 흐느적거리며 복도를 지나던 소주 아저씨와 자리에 앉아 몸을 복도 쪽으로 반쯤 꺼내둔 인삼주 아저씨가 충돌했다. 오. 사. 삼. 이. 일. 파이트(fight)!

소주 아저씨 야이 야이 자식아. 술을 처마셨으면 곱게 찌그러져 있어야지!

인삼주 아저씨 자식? 얌마! 너 내가 누군지 알고 자식이라고 씨부려?

소주 아저씨 씨부려? 이 자식이 진짜! 너야말로 내가 누군 줄 알고 까불어? 어?

인삼주 아저씨 기껏 소주나 먹는 놈을 내가 알아서 뭐하냐?

소주 아저씨 소주를 무시해? 대한민국이 나태해지는 게 다 너 같은 놈들 탓이야! 알아?

흥미진진했다. 말소리만 들으면 이미 멱살을 붙들었을 것 같은데, 두 사람 모두 손잡이를 꽉 쥐고 있었다. 게다가 아저씨들은 내내 "너 내가 누군지 알아?"를 외쳤지만 끝내 자신들이 누군지 말하지 않았다는 점도 그랬다. 싸움이 더욱 거칠어지기 시작한 건 버스가 고속도로에서 빠져 국도로 들어설 때부터였다.

소주 아저씨 이게 진짜 확! 어디 한주먹감도 안 되는 게! 죽고 싶어?

인삼주 아저씨 죽고 싶냐는 놈치고 산 놈 못 봤다!

소주 아저씨 이 자식이 진짜! 오늘 눈물로 샤워를 시켜버릴까 보다!

띵동. 소주 아저씨는 위협적으로 주먹을 들더니 이내 벨을 눌렀다. 잠깐이었지만 인삼주 아저씨의 어깨가 움찔했다. 그 모습에 소주 아저씨가 낄낄거리자 페이크(fake)에 속은 게 화난 인삼주 아저씨가 반격했다. 엉덩이를 의자에 붙인 채로 어깨로만 위협적인 속도로 허공을 찔렀다.

인삼주 아저씨 저걸 그냥 확! 머리부터 발끝까지 질근질근 밟

아줄까 보다!

소주 아저씨 피곤했는데 잘됐네. 시원하게 못 밟기만 해봐라! 아주 질질 짜면서 눈물 샤워하게 만들 테니까! 내려! 임마!

그때였다. 소주 아저씨가 내릴 정거장에서 문이 열렸다. 그러나 두 아저씨의 말싸움은 계속됐다. 그러자 듣다 지친 기사님이 "둘 다 내려서 싸우세요!"라며 화를 내자 싸움은 순식간에 정리됐다. 소주 아저씨는 "너 오늘 운 좋은 줄 알아" 하며 내렸고, 인삼주 아저씨는 "무서워서 도망가는 꼬락서니는" 하며 응수했다. 삑. 문이 닫히자 버스 안은 아무 일도 없던 것처럼 조용해졌다.

눈앞에서 싸움을 본 게 참으로 오랜만이었다. 끝내 밝혀지지 않은 두 아저씨의 정체는 뭘까. 버스를 탄 정거장과 옷차림으로 짐작할 때 한 사람은 자영업자, 나머지 한 사람은 회사 부장쯤으로 보였다.

그냥 보면 웃긴 싸움이었지만, 자세히 보면 참으로 현명한 싸움이었다. 싸웠지만 이긴 사람도 없고, 진 사람도 없고, 다친 사람도 없고, 버스도 승객도 소음 외에는 피해가 없었다. 두 아저씨가 강력한 한 방이 아닌 산만한 잽으로 서로를 공격한 덕분이다.

문득 회사생활도 그런 게 아닐까 싶다. 묵직하게 행동으로 옮기는 사람보다 산만하게 입으로만 조잘거리는 사람이 조직 생활을 질기게 버틴다. 참고 참다가 분노하는 사람보다 크고 작은 일에 자주 삐죽거리는 사람이 상사에게 덜 미움을 받는다. 책임질 마음으로 나선 사람이 짊어질 업무량은 막중하지만, 책임은 피하고 들러리처럼 서 있는 사람의 업무량은 적당하다.

희망 없는 조직생활에서는 강력한 한 방보다 산만한 잽이 필요한 순간이 더 많다. 회사는 한 사람의 도전과 용기가 아닌 여러 사람의 타협과 순응으로 돌아가니 말이다.

오늘의 **마음 정리**

고로 오늘도 사무실 구석 자리에 앉아
존재감 없이 일하고 칼같이 퇴근하는 나를
부끄러워하지 않으려 한다.

Chapter 2.

무인도로 퇴근하고 싶다

'이거 읽으면 나랑 번호 교환하는 거다!'

대학교 시절 한 남학생으로부터 쪽지를 받은 적이 있다. 실용음악과 학생이던 그는 내가 문예창작과에 다닌다는 걸 의식해서인지, 아니면 유머와 박력을 보여주고 싶었던 건지 구겨진 종이에 지렁이 같은 글씨로 저런 글을 써서 나에게 건넸다. 그 문장을 보자 떠오르는 장면이 있었다. 당시 인기 개봉작이었던 영화 〈내 머릿속의 지우개〉의 포장마차 씬이었다. 지우개로 지운 것처럼 잘 기억나지 않는 장면들 사이로 정우성이 "그거 마시면 나랑 사귀는 거다!"라고 말하자, 손예진이 소주 매출 200퍼센트는 거뜬히 상승시킬만한 표정으로 술을 마시는 장면말이다.

쪽지를 준 남학생이 사라진 방향을 쳐다보자 그가 친구들과 함께 서서 나를 지켜보고 있었다. 같은 교양수업을 수강한 적 있던 얼굴들이었다. 그때나 지금이나 아재 개그를 좋아하던 나는 교수님의 실없는 농담에도 박장대소를 하곤 했는데, 이번에도 내가 그렇게 웃을 거라 기대한 모양이다. 잘못 짚었다. 난 그런 글귀에 웃는 사람이 아니다. 더군다나 그가 정우성이 아니고 내가 손예진이 아닌 현실에서 오해가 될만한 반응을 보이고 싶지 않았다. 나는 뚱한 표정으로 쪽지를 처음 그대로 접었다. 마치 한 번도 펴보지 않은 것처럼.

돌이켜보면 좋았던 시절이다. 연결되고 싶지 않으면 연결되지 않아도 됐으니까.

그로부터 15년 후. 나는 아침에 눈을 뜨고 밤에 눈을 감을 때까지 어딘가에 늘 연결되어 있다. 메시지, 구독 알람, 메일, 카카오톡 등. 원하든 원하지 않든 상관없이 연결되어 있다. 편리함을 얻고, 선택권을 잃었다. 처음 스마트폰을 손에 쥐었을 때가 떠오른다. 그때로 돌아간다면, 세상이 이렇게 좋아졌다며 환호하던 내 주둥아리를 한 대 때리고 싶다.

언제부턴가 스마트폰 덕분에 가상현실을 체험하는 중이다. 여기가 회사인지, 집인지, 분명 퇴근해서 우리 집 식탁인데도 계속 사무실 책상에 앉아 있는 듯한 기분을 느낄 때가 많다. 단체 채팅방을 애용하는 상사를 둔 직장인이라면 강제로 이런 VR 체험을 해봤을 터. 퇴사해야만 퇴근이 가능할 것 같은 이런 기분은 체험을 해본 자만이 안다.

그래도 다행이다. 지난 2019년 7월 16일부터 '직장 내 괴롭힘 금지법'이 시행됐기 때문이다. 인터넷 지식백과에 따르면 직장 내 괴롭힘은 이렇게 정의된다.

> '사용자 또는 근로자가 직장에서 지위나 관계 등의 우위를 이용하여 업무상 적정범위를 넘어 다른 근로자에게 신체적, 정신적 고통을 주거나 근무환경을 악화시키는 행위.'

아직 기준과 처벌이 모호하긴 하지만, 이제 퇴근 후에 개인 메신저로 무리한 업무를 지시한다거나, 모욕적인 말로 질타하기가 쉽지 않아 보인다. 물론 아직도 이런 법이 생긴지 몰라 밤이건 주말이건 수시로 단체 채팅방에 글을 올리는 분들이 있다. 마음 같아서는 따로 개인 채팅방을 열어 괴롭힘 금지법에 대한 상세한 내용을 링크로 정리해보내고 싶다. 신고자나 피해자에게 불이익을 주면 '3년 이하의 징역 또는 3,000만 원 이상의 벌금형'에 처한다는 부분을 강조해서 말이다.

사실 영화 〈내 머릿속의 지우개〉 같은 사랑을 꿈꾼 적이 있었다. 만약 그때 내가 좋아하던 오빠가 저렇게 고백해줬더라면 기꺼이 나와 관련된 모든 번호를 줬을지도 모른다. 누구를 내 일상에 들여놓을지 선택할 수 있던 시절이었다. 지금처럼 시도 때도 없이 아무나 내 시간을 붙들 수 없었다. 학생이라 가난했고 스마트폰이 없어 불편했지만, 인생의 중요한 순간과 사람을 스스로 조율할 수 있던 때였다. 사적인 부분에서는 지금보다 남을 덜 의식했던 것 같기도 하다.

지금은 때론 내 시간이 '무인도가 됐으면 좋겠다' 하고 생각한다. 매일 어디론가 연결되는 세상에 살다 보면 아무도 찾지 못하는 곳에 방치되고 싶어진다. 자본주의 사회에서 노동자로 정의되어 사는 시간이 길어질수록, 나의 시간, 나의 무인도가 간절해진다.

뛰어난 과학 기술은 다양한 편리함을 내놓고 많은 선택권을 가져갔으나 미래에는 더욱 뛰어난 기술과 인간을 중시하는 법이 우리에게 선택권을 돌려줄 것이라 믿는다. 지금부터 시작이다. 퇴근한 직원의 시간을 약탈하는 자는 500만 원 이하의 과태료를 물어야 하고, 끝내 그 사람의 감정을 망가트리는 자에게는 3년 이하의 징역 또는 3,000만 원 이상의 벌금을 내게 해야 한다.

그런 의미에서 몇 년 전, 팀 단체 채팅방에 6시간 동안 5만 3,200자의 글이 오가게 했던 팀장에게 당부하고 싶다.

오늘의 **마음 정리**

'이거 봤으면 다신 안 그러는 거다?'

Chapter 3.

호기롭게 호구에서 탈출하기

"임 팀장은 나를 호구로 보는 것 같아."

직장동료였던 현아 씨가 매일 내게 했던 말이다. 그때마다 나는 대답하지 않고 씩 미소만 지었다. 내가 봐도 임 팀장은 그녀를 만만하게 대할 때가 많았다. 몇 가지 예를 들면 이렇다. 임 팀장은 업무를 분담할 때면 현아 씨에게 일을 더 많이 준다. 그 나름대로 이유는 있다. 그녀가 일 처리가 빠르고 팀에서 가장 믿을 만한 동료이기 때문이란다. 현아 씨가 지각하면 공개적으로 망신을 준다. 그러고는 그녀에게 이렇게 귀띔한다. 이 일로 자꾸 지각하는 다른 직원들이 뜨끔했을 거라고.

현아 씨는 기혼자이고 임 팀장은 미혼이다. 임 팀장은 그녀에게 퇴근 후 미용실에 함께 가자, 같이 저녁 먹고 가자, 함께 야근하자 등. 월, 화, 수, 목요일에도 부담스러운 부탁을 금요일에도 한다. 현아 씨가 난처한 얼굴을 지으면 그럼 임 팀장은 우리가 비록 회사 동료로 만났지만, 밖에서는 친구가 아니었냐며 서운해한다. 주말에 급히 처리해야 할 회사 업무가 생기면, 회사와 가까운 곳에 사는 직원이 아니라 현아 씨에게 전화해 출근해서 일을 처리해달라고 한다. 그녀는 다른 직원을 두고 자신에게만 이런 일을 부탁하는 게 짜증스럽지만, 거절하지 못한다.

사무실마다 현아 씨 같은 사람이 있다. 잘하고 싶었던 선한 마음으로 시작한 일들이 결국 사람들에게 끌려다니는 결과를 만드는 사람들 말이다. 그리고 우린 이들을 '호구'라 부른다. 한 번이라도 호구가 되어본 사람은 안다. 사람들이 호구의 불편과 수고에 둔감해지는 데 긴 시간이 걸리지 않는다는 사실을 말이다. 다들 현아 씨가 회사를 관두겠다고 할 때까지 몰랐다. 아니, 모른 척했다. 그녀가 얼마나 힘들어했는지.

나도 현아 씨와 비슷한 경험이 있다. 다양한 곳에서 각양각

색의 사람들에게 호구 노릇을 해봤다. 호구의 마음은 호구가 알고, 호구의 사정도 호구가 안다. 그래서 분석해봤다. 회사에서 호구가 될 때는 언제인가.

1. 좋은 사람, 착한 사람, 유능한 사람을 구분하지 못할 때

신입이거나 이직한 경우 '좋은 사람'으로 보이려고 애쓴다. 그러나 '좋은 사람'도 때와 장소가 있다. 더욱이 '좋은 사람'과 '착한 사람'은 다른데, 사무실에서 좋은 사람이 되려고 착해지는 경우가 많다. 안타깝게도 냉정한 회사는 착한 사람과 일 잘하는 사람을 구분한다. 그리하여 착한 직원에게 떡 하나 덜 주고, 일 잘하는 직원에게 떡 하나 더 준다. 착한 직원 몫에서 빼서 말이다.

2. 부탁하는 자의 원초적 본능을 이해하지 못할 때

부탁은 빚이 아니다. 부탁은 부탁하는 자의 목적을 이루기 위한 수단이고, 그 부탁을 들어줄지 말지에 대한 선택권은 나에게 있다. 그런데 부탁을 거절하지 못하고 꾸역꾸역 들어주는 사람들이 있다. 이유를 물어보면 미안하단다. '대체 뭐가 미안한데?'라고 되물으면 상대가 실망할까 봐 그렇단다.

3. 기가 빨려 포기해버릴 때

어버버 거리다가 입김 센 싸가지들의 표적이 되는 경우다. 상대하기 귀찮아서, 말 섞기 싫어서, 나의 의견을 포기하는 일을 반복한다면, 싸가지들은 마음대로 결론을 내린다. 당신은 호구라고.

기죽지 말자. 이미 호구가 되었다 한들 호기롭게 호구에서 벗어날 수 있다. 호구의 가장 대표적인 이미지는 '쉽게 부탁할 수 있는 사람'이다. 이런 이미지를 벗기 위해서는 '씩씩하게 거절'을 해야 한다. 그렇다고 갑자기 상사나 대표에게 씩씩대며 소리치지 마시길. 화를 내는 것과 거절은 엄연히 다르니.

거절에도 연습이 필요하다. 나의 경우 예전 회사에서 점심식사 후에 카페를 갔는데, 그때마다 상사가 내기를 제안했다. 가위바위보에서 진 사람이 커피값 내기, 신용카드를 모아서 카페 직원이 뽑는 카드의 주인이 계산하기, 카페 옆 오락실에서 농구게임을 해서 진 사람이 커피 사기 등등. 방법이 아주 다양했는데 당시 이직한 지 얼마 되지 않은 내가 자주 걸렸다. 어떤 날은 "오늘도 하루 씨한테 커피 좀 얻어 마실까?"라며 의도적으로 내가 계산하게 만든 날도 있었다.

점점 난처한 상황이 됐다. 한 번에 2만 원 정도 하는 커피

값을 내는 것도 부담이었지만, 업무적으로 미치는 영향도 적지 않았다. 커피값 물리듯 일을 더 준다거나, 군소리 없이 계산하는 모습에서 만만함을 찾았는지 의견을 내도 끝까지 듣지 않고 지적하기도 했다. 커피값 내기에서 본인만 잘하는 농구게임으로 내기를 하는 것처럼 자신이 모르는 내용은 무시하고 아는 것만 옳다고 우겨댔다.

내가 만만해진 이유는 커피값 때문이 아니었다. 난처하고 불편한 상황에서도 거절하지 않는 내 모습이 적립되어 생긴 일이었다. 나는 작은 거절부터 시작했다.

"전 먼저 들어갈게요. 돈이 없거든요."

점심 식사 후에 카페로 향하는 상사의 뒤통수에 대고 이렇게 말했다. 그때 그는 어이없다는 표정으로 나를 돌아봤지만, 나는 미소 지으며 고개만 까딱하고 사무실로 가버렸다. 홀로 돌아서서 가는 길은 시원하면서도 조금 떨렸다. 그러나 사무실 공짜 커피를 마시며 남은 점심시간을 내 마음대로 써보니 진작 거절하지 못한 게 후회될 뿐이었다.

그 후 '커피 내기'는 자연스럽게 사라졌다. 너도나도 말하지 못했을 뿐, 뻔한 직장인 월급에 부담스럽기는 마찬가지였나

보다. 나를 시작으로 하나둘 그냥 사무실로 가는 사람들이 늘어난 걸 보면 말이다.

오늘의 **마음 정리**

사람 좋다는 말,
착하다는 말,
편하다는 말.
회사에서 굳이 들으려 애쓰지 않아도 되는 말이다.

Chapter 4.

왜냐하면,
거절은 어려운 거니까

아직 거절에 대해 할 말이 남았다.

직장생활은 거절로 시작해 거절로 끝난다. 입사하고 싶은 회사로부터 거절당하지 않기 위해 노력하며, 더는 함께할 수 없다는 회사의 거절로 회사생활이 마감된다. 따져보면 어디 직장생활 뿐이겠는가. 거절은 우리 인생 마디마디에 촘촘히 파고든다. 가족, 친구, 연인, 동료 그밖에 살면서 얽히고설키는 관계에서 불편한 부탁은 일상다반사로 일어난다. 그 때문에 거절은 필수다.

거절에 익숙해지면 익숙해질수록 내가 선택할 수 있는 것들은 늘어난다. 그렇다면 거절, 어떻게 하면 익숙해질 수 있을까.

1. 아니다 싶은 것은 아닌 게 맞다

누가 봐도 무리한 부탁인데 너무도 해맑게 부탁하는 사람이 있다. 또는 무리한 부탁을 하면서 관계를 운운하는 이들도 있다. 앞서 이야기했듯이 부탁이란 것은 부탁하는 자가 어떤 목적을 달성하기 위한 것이다. 고로 선택권은 나에게 있다. 상대가 해맑든 탁하든 상관없이 내게는 거절할 권리가 있다.

2. 결정은 빠르게, 거절은 천천히

아니다 싶은 곤란한 부탁은 거절하는 게 맞다. 그러나 부탁한 사람과 덜 어색해지고 싶다면 바로 거절하지는 말자. '생각 좀 해볼게', '확인 좀 해볼게요', '의논 좀 해볼게요'처럼 상대의 부탁을 고민한 듯한 인상을 남기며 정성스럽게 거절하자. 바로 대답하지 않으면 상대도 거절을 염두에 두고 다른 사람을 물색할 가능성이 크다. 그렇다고 너무 늦게 거절하진 마시길.

3. 거절로 끊어질 관계는 언제든 끊어진다

거절하기 미안한 사람이 있다. 그러나 거절하지 않고 후회할 일을 만드는 것보다 미안한 게 낫다. 거절했다고 나빠질 관계는 이 기회에 정리하는 것도 자연스럽다. 거절은 관계를 거절하는 게 아닌 부탁을 거절하는 것이다.

4. 미안해하지 말고 미안한 척만 하자

실망할 상대가 걱정된다면 '미안한 척'을 하자. 여기서 주의할 점은 뼛속까지 진짜 미안해하면 안 된다는 점이다. 그러니 직접적인 '미안하다'란 말은 최대한 언급하지 않도록 하자. '나도 부탁을 들어주고 싶었는데 안타깝다', '잘 해결되길 바랄게' 정도가 좋다. 거절은 상대에게 빚을 지는 일이 아니다.

5. 상대에게 거절을 설득해보자

부탁하는 사람만 상대를 설득하는 게 아니다. 부탁받는 사람도 상대를 설득할 수 있다. '설득'과 관련된 수많은 책은 상대가 거절할 수 없는 방법을 알려준다. 역으로 이 방법을 이용해 거절을 설득해보자. 이런 책을 보면 알겠지만, 상대에게 신세 진 기분이 들게 만들기, 일단 부탁하기, 공감대를 형성하기, 거절하는 이유를 이용해 설득하기 등 수많은 기술이 담겨 있다. 역으로 이를 이용하자.

혹시 '왜냐하면'이란 말과 함께 부탁하면 거절당할 확률이 낮다는 이야기를 들어봤는지. 심리학자 엘런 랭어(Ellen Langer)는 1978년 양보와 관련된 실험을 했다. 도서관 복사기 앞에서 줄을 선 사람들에게 아래와 같은 두 가지 말로 먼저 복사할 수 있겠냐며 부탁을 한 것이다.

① "죄송합니다만, 제가 지금 다섯 장을 복사해야 하는데 먼저 복사기를 사용해도 될까요?"

② "죄송합니다만, 제가 지금 다섯 장을 복사해야 하는데, 먼저 복사기를 사용해도 될까요? 왜냐하면, 제가 지금 굉장히 바쁜 일이 있어서요."

결과는 어땠을까. 첫 번째 말로 부탁했을 때는 60퍼센트가, 두 번째 말로 부탁했을 때는 94퍼센트가 양보를 해줬다. 이 실험 결과와 같이 '왜냐하면'이란 단어는 상대의 부탁을 들어주는 것이 옳은 선택이라는 생각을 하게 만든다.

내게는 이런 심리에 대해 잘 알고 있던 직장동료가 있었다. 그녀는 매번 이런 식으로 내게 부탁을 하곤 했다.

"하루 씨, 혹시 내일 아침에 데일리리포트를 대신 써줄 수 있을까? 왜냐하면, 내가 내일 아침까지 보도자료를 완성해야 하거든."

"하루 씨, 이번 주말에 있는 행사 말이야. 대신 가주면 안 될까? 왜냐하면, 주말에 부모님 생신이거든."

"하루 씨, 이번 여름 휴가 말이야. 나랑 날짜 바꿔줄 수 있어? 왜냐하면, 비행기 표가 그때밖에 없더라고."

그러나 '왜냐하면 효과'는 내게 통하지 않았다.

"힘들겠는데요. 왜냐하면, 저도 내일 아침까지 제출할 기획안이 있거든요."

"못 갈 것 같아요. 왜냐하면, 저희 부모님도 이번 주가 생신이거든요."

"어렵겠네요. 왜냐하면, 제가 구할 비행기 표도 그때가 제일 싸거든요."

오늘의 **마음 정리**

거절은 어렵다.
왜냐하면,
저마다 그럴 만한 사연이 있기 때문이다.

Chapter 5.

일요일에 출근하면 월요병이 나아진다?

"월요병이 심한 경우 일요일에 출근해서 월요일 업무를 시작해보는 것도 방법입니다."

몇 년 전 한 뉴스 프로그램에서 '월요병'을 취재한 기자가 내놓은 해결책이다. 기자는 월요일도 생각하기 나름이라며, 대부분 직장인이 평일 업무 스트레스에 대한 과도한 보상 심리로 일요일을 불규칙하게 보내는 것이 문제라고 지적했다. 그러면서 일요일을 '한 주의 끝'이 아니라 '한 주의 시작'으로 여겨야 한다고 주장했다. 그렇다고 일요일부터 출근해서 일하라니. 진심 이게 월요병 해결책이라고? 기자는 트위터로도 '일할 수 있다는 것만으로도 축복'이라며 '월요병에 대한 인식을 바꿔야

한다'라고 다시 한 번 강조했다.

그리고 얼마 후 한 신문에서 '일요일 출근이 월요병 해결책'이란 뉴스를 본 시청자와 누리꾼 댓글을 소개했다. 대부분 냉소적이고 허탈하다는 반응이었는데, 그중 아직도 기억에 남는 댓글이 있다.

> '그럼 명절 증후군을 없애려면 평소에도 차례상을 차려서 먹으면 되겠구나.'

어쨌건 나는 동의할 수 없다. 전문가의 조언까지 곁들여 소개한 월요병 해결책에 감정적인 불신을 하는 게 아니다. 내가 해봐서 안다. 나도 한때 일요일에도 출근 좀 해봤던 직장인이었으니까.

한 공기업 홍보실에서 월간지 제작 업무를 담당한 적이 있다. 모든 잡지가 그렇듯 마감은 바늘이고 야근은 실이다. 마감이 임박할 때면 야근과 주말 근무가 이어졌다. 특히 돌아오는 월요일 아침에 인쇄소로 데이터를 보내야만 잡지 발행일을 맞출 수 있는 일정일 때는 일요일까지 회사로 향한다. 혹시 한산한 역삼동 거리를 본 적이 있는가? 궁금하다면 일요일에 가보시길. 조용한 빌딩 숲을 걷다 보면 몸이 움츠러든다. 영화를 많이 본 탓일까. 어디선가 좀비가 나타날 것만 같다. 그러다 건물에 비친 핏기 없는 내 얼굴을 마주할 때면, 이 거리의 좀비는 내가 아닐까 싶은 엉뚱한 상상까지 하게 된다.

일요일부터 출근하면 월요일에 대한 저항력이 낮아진다. 사람도 생각할 틈이 없으면 한동안은 기계처럼 작동된다. 출근하고, 일하고, 밥 먹고, 퇴근하고, 자고, 다시 출근할 수 있다. 언젠가 월, 화, 수, 목, 금, 토, 일, 월, 화, 수, 목, 금. 이렇게 12일간 쉼 없이 출근해보니 놀랍도록 규칙적인 생활 리듬이 생겼다.

그러나 인간은 기계가 아니다. 사색이 없고, 감정이 단절되고, 의외성이 사라진 삶을 버텨내지 못한다. 그렇기에 기계는 작동 시간이 길어져야 뜨거워지고, 인간은 처음부터 뜨거운 게 아닐까.

당시 나는 회사에 대한 불만을 표출할 시간마저 부족했다. 그때는 생각할 수 없다면 그 생각은 자연스럽게 소멸되는 줄 알았다. 그러나 해소되지 않은 불편함은 마음 한쪽에 쌓여 끝내 샴페인처럼 터져버렸다. 나의 경우 얼굴 한쪽이 마비된 그 와중에도 마감하기 위해 야근을 했다. 물론 선배들은 먼저 들어가라고 말해줬다. 그러나 내 몸이 자리에서 일어나지 못했고, 내 마음이 회사를 좀처럼 떠나지 못했다.

그때 나를 사람이 아닌 기계로 만든 건 나였다. 끝내 통증이 심해져 왈칵 눈물이 쏟아졌지만, 그러면서도 나는 원고 교정지를 바라봤다. 그리고 이 일은 훗날 단기간에 칼같이 퇴사를 결정하게 만드는 계기가 되었다.

"복 받은 줄 알고 살아."

치열한 경쟁 사회에서 일하며 돈을 버는 것은 앞뒤 잴 것 없이 축복인 걸까?

우리는 타인의 말을 자신의 삶에 너무 지나치게 적용한다. 어렵게 취업했지만 힘들고 불행한 기분을 느끼는 것은 자신의 나약함이라 결론짓고, 매주 월요일이 힘든 것은 생각의 전환을 하지 못한 자신의 미련함을 탓한다. 끝내 이 축복에서 자꾸만 벗어나고 싶은 마음은 부정적인 것으로 치부한다.

월요병의 원인은 긴장감이 풀어진 일요일 때문이 아니다. 출근하고 출근해도 그려지지 않는 나의 미래에 대한 불안감이자 '계속 이렇게 살아도 괜찮을까?'와 같은 불확실성에 대한 의문이다.

요즘 회사에 다니며 일을 하고 돈을 벌 수 있다는 것은 '축복'이란 단어보다 '기회'란 단어와 어울리는 듯하다. 우린 이 기회를 생계를 위한 도구로 이용할 수 있고, 성공을 위한 값진 경험과 동기부여로 활용할 수 있고, 나와 잘 맞는 일을 찾는 과정으로 삼을 수도 있다.

인재가 자원인 나라에서 직장인 월요병을 해결할 방법은 일요일 출근 권장이 아니다. 출퇴근 시간이 단축되는 대중교통의 발전과 상황에 따라 출근하지 않아도 되는 온라인 업무 환경의 구축, 그리고 길어진 수명과 의학기술 발전에 따른 정년 폐지가 아닐까.

오늘의 **마음 정리**

2074년 4월 어느 일요일.
나의 팔순 잔치가 끝나고 침대에 눕게 될 그 밤,
나는 이런 고민을 하고 싶다.
'내일 출근하기 싫다. 연차나 쓸까?'

Chapter 6.

혼밥으로 소속감을 느낀다

'직장인 4명 중 1명은 혼자 점심을 먹는다.'

한 취업사이트의 설문 조사 결과다. 혼밥을 한다는 직장인들에게 '왜 혼자 먹는가?'라고 물었더니, '혼자가 편해서'라는 답변이 51.1퍼센트를 차지했단다. 이제 많은 직장인이 점심시간을 개인적인 시간으로 여긴다.

내가 일하는 팀도 3년 전까지만 해도 '혼밥'을 위해서는 용기를 내야 했다. 그러나 이제 '혼밥'은 개인의 선택이 됐다. 누군가는 밥이 아닌 빵이 먹고 싶어서, 누군가는 도시락을 가져와서 혼자 먹는다. 점심을 먹지 않기도 한다. 헬스장을 가거나, 학원을 가거나, 책을 읽는 등 그 시간을 이용해 자기계발을 하기도 한다.

나는 지금 회사 근처 맥도날드에서 '아이스아메리카노'가 아닌 '1,000원짜리 얼음 커피'를 마시며 이 글을 쓴다. 지금 막 12시 25분이 됐다. 앞으로 30분은 더 내가 쓰고 싶은 글을 쓸 수 있다. 배가 고프면 들어가는 길에 빵을 사 갈 예정이다.

이 책을 읽으며 처음으로 내가 부러울 독자가 있겠다. 왜냐하면, 앞에서 언급했듯이 아직도 4명 중 3명은 혼밥을 하지 않는다. 그리고 그중에는 어쩔 수 없이 혼밥을 못하는 이들도 있을 테니까.

직장인은 회사에 시간을 내어주고 월급을 받는다. 계약서를 통해 갑과 을로 서로를 지칭하며 한쪽이 우위를 점하는 모양새다. 그러나 따지고 보면 같은 처지다. 직장인은 회사에서 일해서 돈을 벌고, 회사는 직원의 노동력을 이용해 더 큰 돈을 번다. 회사도 나도 먹고살자고 이러고 있다. 그런데 회사는 계약서에 없는 소속감까지 원한다.

소속감이란 대체 뭘까. 사전적 의미는 '자신이 어떤 집단에 소속되어 있는 느낌'을 뜻한다. 그렇다면 느낌은 뭘까. 사전적 의미를 찾아보니 '몸의 감각이나 마음으로 깨달아 아는 기운이나 감정'이란다. 그렇다면 기운과 감정은 뭘까. 다들 알 터이니 사전은 그만 뒤적거리도록 하겠다.

느낌, 기운, 감정은 모두 내 것이다. 어떻게 느끼고 받아들일지는 내가 정하면 된다. 그런데 회사는 직원에게 소속감을 느끼라고 한다. 소속감이 짙을수록 애사심이 커지며, 이는 생산성과 노동력 향상에 효과적이라며, 조직적으로 똘똘 뭉치길 원한다.

한 교육 회사에서 프리랜서로 일할 때 만났던 대표님은 이벤트를 자주 열었다. 직원 가족과 함께하는 주말 영화 관람, 직원 가족과 함께하는 체육대회, 직원 자기계발을 위한 오전 7시 명사 특강, 매일 아침 전 직원이 모여 하는 체조, 점심시간 강당에서 전 직원이 함께 밴드공연 관람하기 등 직원 복지란 이름으로 열었던 이벤트 덕분인지 일하기 좋은 기업에 선정된 적도 있었다.

"나는 어떻게 하면 우리 직원들이 행복하게 일할 수 있을까를 고민해."

사람 좋은 미소로 내게 저런 말을 하던 대표님의 얼굴이 아직도 선명하다. 그때 나는 미소지으며 감탄하는 표정으로 응수했지만, 한편으로는 의아했다. 대표님의 고민으로 행복해질 직원이 있을까 싶었으니까.

대표님이 원하던 행복의 민낯이 드러나는 데는 오랜 시간이 걸리지 않았다. 월요일 오전 7시에 시작된 명사 특강 시간으로 기억한다. 당시 200여 명의 직원이 강당에 모여 창의력과 아이디어에 대한 강의를 듣고 있었다. 콘텐츠 기획을 하는 내게는 유익한 시간이었다. 그러나 유익하다고 지루하지 않은 건 아니었다.

"강의시간에 휴대전화 본 사람 누굽니까?"

강의가 끝난 후 대표님이 마이크를 잡았다. 그러더니 저렇게 묻는 게 아닌가. 자초지종은 이랬다. 늘 맨 앞자리에 앉던 대표님이 그날따라 맨 뒷좌석에 앉았다. 그는 전지적 참견 시점으로 직원을 관찰하고 싶었다. 그리고 뒤에 앉아 보니 앞에서는 보이지 않았던 괘씸한 직원들이 눈에 들어왔다. 꾸벅꾸벅 정신을 못 차리는 직원, 속닥속닥 떠드는 직원, 그리고 휴대전화를 보는 직원까지. 그는 화가 치밀었다. 그래서 휴대전화를 본 직원을 세워놓고 이런 얘기를 했다.

"소속감이 있는 직원이라면 저러진 않겠죠. 회사가 여러분에게 제공하는 복지 하나하나가 얼마나 소중합니까? 행복한 줄도 모르고."

그렇다. 대표님이 고민한 행복은 자신을 위한 것이었다.

직장인은 회사에 소속되어 있다. 그러나 회사생활은 각자의 삶에 소속된 일부다. 고로 회사가 내 삶에 어떤 역할과 의미로 소속되어 있는지는 삶의 주인인 내가 정해야 한다. 생계 수단인지, 마음의 안정감인지, 나를 성장시키는 시간인지는 회사가 내게 주는 것이 아니라 내 삶의 다양한 영역을 관리하는 내가 선택할 부분이다. 그리고 많은 대표님들이 모르는 게 있다. 내가 회사에 소속되어 있다고 믿는 이들보다, 회사가 내 삶에 소속되어 있다고 믿는 사람들이 업무에 대한 책임감과 회사를 향한 주인 의식을 더 많이 갖는다. 그러니 혼자 밥 먹겠다는 직원에게 소속감을 운운하지 마시길. 혼밥을 하며 소속감을 느껴야 점심시간이 끝난 후에 내게 소속되어 있는 회사 일을 더 열심히 할 테니까.

교육 회사 대표님과는 일이 끝난 후에 몇 번 연락을 주고받았다. 그때마다 이 말을 할까 말까 망설이곤 했는데, 이 글에라도 용기를 내야겠다. 매번 일을 줄 것처럼 해놓고 주지 않는 대표님에 대한 앙금 때문이 아니다. 그 회사 일을 할 때 한 번도 행복한 적 없던 경험자로서 진심을 담은 말이다.

오늘의 **마음 정리**

"대표님. '복지'의 사전적인 의미는 '행복한 삶'입니다.
그렇다면 '직원 복지'란 무엇일까요?
바로 '직원의 행복한 삶'입니다.
지금까지 대표님이 해오신 건 '대표님 복지'였던 것 같아요.
정말 직원들이 행복하게 일하길 원하세요?
그럼 혼자 고민하지 마시고 직원과 함께 고민해보세요."

4장

쓸데없이 회사생활을 이롭게 하는 것들

Chapter 1.

쓸데없는 질문의 힘

"애송이들이 왔네?"

신문사에 다니던 20대 때, 유명한 원로 소설가를 인터뷰한 적이 있다. 어린 시절 그의 작품을 인상 깊게 읽었던 터라 사심을 담아 인터뷰를 준비했다. 기사 주제가 작가의 작품과는 무관했지만 작품을 다시 읽고, 몇 년간 그가 등장한 기사도 꼼꼼히 살폈다. 같은 날 마감해야 하는 광고주 기사는 시작도 하지 못한 채 말이다. 그만큼 나는 편애하는 마음으로 작가의 인터뷰에 힘썼다.

그런데 인터뷰 날, 마주 앉는 테이블 사이로 질의서와 녹음기를 올려놓자 원로 소설가는 질의서를 낚아채 가더니 저렇게 말하는 게 아닌가. 그가 말한 '애송이들'에는 30대 초반의 사진기자 선배도 포함이었다. 인터뷰하는 모습을 찍기 위해 "작가님, 몸을 조금만 더 오른쪽으로 틀어주세요"라는 말에도 작가는 "내가 이 질문들 순서대로 쭉 대답해줄게. 그리고 사진은 그냥 자연스럽게 찍어"라고 하면서 요지부동 움직이질 않았다.

신입이었던 나와 달리 선배는 이 상황이 치욕스러운 듯했다. 카메라 뒤로 구겨진 선배의 미간이 살짝 보였다. 나는 이 무례한 상황이 담당 기자인 내 탓인 것만 같아 잔뜩 긴장했다. 하필 그쯤 나는 피어싱에 빠져서 양쪽 귀에 여섯 개의 치렁치렁한 액세서리를 달고 기하학적인 디자인의 옷을 즐겨 입고는 했는데, 짧은 순간이었지만 '요즘 것들은 쯧쯧쯧' 하는 듯한 작가의 눈빛이 스쳤다.

그렇게 그날 선배와 나는 꿔다놓은 보릿자루처럼 원로 소설가에게 휘둘렸다. 하지만 "대체 왜 이런 애송이들을 보냈데?"라며, 인터뷰가 끝난 후에 연출 사진을 부탁하는 기자들 앞에서 혼잣말처럼 저렇게 흘리는 건 좀 아니다 싶었다. 그쯤 되니 질의서에 없던 질문이 필요했다.

"작가님, 저희가 왜 애송이죠?"

그는 산전수전 다 겪어본 사람답게 한 치의 흔들림도 없이 이렇게 대꾸했다.

"어설프잖아. 프로 같지 않아."

나도 질 수 없었다. 그래서 다른 질문을 던졌다.

"작가님, 제가 아직 20대 중반인데요. 몇 십 년 후에 저도 작가님 나이가 되면 프로가 되어 있지 않을까요?"

그는 대답 대신 껄껄 소리 내 웃었다. 그러고는 요청했던 자세를 취해줬다. 나는 오랜 시간 동안 저 일이 '나의 명랑함' 덕분에 잘 끝났다고 착각했다. 그런데 한참의 시간이 지난 후에 돌이켜보니 그때 원로 소설가가 더는 불쾌한 발언을 하지 않았던 이유가 감정을 분리하게 만든 '질문' 덕분이란 걸 깨달았다. 나도 당신 나이가 되면 프로가 되어 있지 않겠냐는 말에, 그는 자신이 해야 할 프로다운 행동이 무엇인지 인지하게 된 것이다.

그것도 모르고 그 후로 어르신을 인터뷰할 때면 명랑한 척, 쾌활한 척, 상큼한 척하던 나의 과거를 손톱의 때처럼 긁어 튕겨버리고 싶다.

예전에 한 다큐멘터리에서 기자를 모아놓고 질문에 대한 영상을 보여주는 장면이 있었다. 그들이 본 영상은 2010년 서울 G20(Group of 20, 세계 주요 20개국을 회원으로 하는 국제기구) 정상회의 폐막식에서 열린 미국의 전 대통령 오바마의 기자회견장 모습이었다. 영상 속 오바마 대통령은 이런저런 이야기를 하다가 기자들을 향해 제안을 한다.

"한국 기자들에게 질문권을 하나 드리고 싶군요. 정말 훌륭한 개최국 역할을 해주었으니까요."

그의 말대로 당시 정상회의는 한국에서 열렸다. 당연히 많은 한국 기자가 객석에 있을 터였다. 잠시 후 여기저기서 주먹을 쥐고 손을 들어올릴 사람들이 속출하겠군 싶었지만, 영상은 숨 막히게 조용했다. 그러자 오바마는 통역사가 있으니 영어로 질문하지 않아도 괜찮다고 덧붙였다. 잠시 후 한 기자가 패기 있게 일어서서 영어로 이렇게 물었다.

"실망하게 해서 죄송하지만 저는 중국 기자입니다. 제가 아시아를 대표해서 질문해도 될까요?"

오바마 대통령은 다시 한 번 한국 기자에게 질문의 기회를 주고 싶다고 했지만 끝내 아무도 아무것도 묻지 않았고, 중국 기자가 한국에서 열린 국제 행사의 아시아 대표로 질문할 기회를 얻었다. 영상으로 이 장면을 본 한국 기자들은 마치 그 기자회견장에 있는 듯한 얼굴이 되어버렸다.

우리는 학창시절에는 시험지에 있는 문제의 답을 찾기 위해 대학을 포함해 16년을 공부했고, 대학 졸업 후에는 공무원이 되기 위해 또 다른 시험을 준비했고, 일단 취업에 성공한 뒤로는 회사가 낸 문제의 답을 찾기 위해 분주하게 일터로 향했다.

이렇듯 우리는 질문보다 정답을 찾는 일에 익숙하다. 인간이 원래 이런 성향을 지니고 태어났고, 모두가 이렇게 살았다면 몰랐을 것이다. 질문 없이 무작정 정해진 답을 찾아 헤매는 패턴이 한국인 삶에서 유독 많이 나타난다는 사실을 말이다. 한국인이 질문에 서툰 민족이란 걸 국제적으로 보여주기에 이르지 않았나.

만약 2020년에 이런 상황이 벌어진다면 어떨까? 10년이면 강산이 변하듯 지금은 몇몇 기자들이 그 질문의 기회를 놓치지 않으려 할 것이다. 그러나 여전히 앞다퉈 서로 질문하려는 아수라장까지는 그려지지 않는다.

그리고 여기, 아직도 질문하기 쉽지 않은 곳이 있다. 바로 회사다. 이상하게도 회사는 다니면 다닐수록 질문하지 않게 되는 곳이다. 추측하건대 그 이유는 세 가지 정도로 압축할 수 있다.

1. 괜히 잘못 물었다가 뭣도 모르는 사람처럼 보일까 봐.
2. 괜히 잘못 물었다가 일을 더 많이 떠안게 될까 봐.
3. 괜히 잘못 물었다가 상사한테 싫은 소리를 듣게 될까 봐.

대부분 질문이 가져올 '부정적인 결과'를 걱정한다. 그렇게 '부정적인 결과'를 걱정하는 마음 탓에 오히려 '진짜 후회'를 하게 되는 일이 더 많다. 질문보다 검증된 정답을 찾고 받아들이는 데 익숙해지면 인생의 수많은 결정적 순간에, 내 안에 숨어 있는 신념과는 반대되는 것들을 선택하게 된다. 그리고 결정을 후회하게 되는 순간까지도 타인에게 기대어 또 다른 오답을 정답으로 접수하게 된다.

하지만, 조금만 용기를 내면 '질문'이 위험 요소를 제거하는 긍정적 효과가 있다는 사실을 알게 된다.

인지심리학자인 김경일 교수는 한 강의에서 질문의 위험 요소를 최소화하는 방법에 대해 말하면서 한 가지 상황을 제시해 설명했다. 만약, 출근했을 때 상사의 기분이 무척 나빠 보이고 그에게 결재받아야 할 서류가 있다고 치자. 대부분은 결재받기 좋지 않은 타이밍으로 쭈뼛쭈뼛 망설일 것이다. 그러나 김경일 교수는 그럴수록 서류를 내밀며 "부장님, 어제 무슨 일 있으셨어요?" 하고 질문해보는 게 좋다고 제안한다. 그럼 상사는 순간적으로 감정을 분리하게 된단다. 왜냐하면 그 상황에서 화를 내면 자신이 생트집이나 잡는 사람처럼 보이게 될 것 같기 때문이다. 내가 오래전에 인터뷰했던 원로 작가도 비슷한 맥락에서 더는 무례한 행동을 하지 않았던 것 같다. 만약 2010년 서울 G20 폐막식에서 한국 기자 중 누군가가 오바마 전 대통령에게 쓸데없는 질문이라도 해봤다면 어땠을까.

"불고기 비빔밥 말고 드셔보신 한국 음식 중에 가장 맛있었던 메뉴는 뭔가요?"

그랬다면 '오바마 추천 메뉴'란 검색어로 대한민국 관광 산업에 작은 보탬이라도 되지 않았을까.

오늘의 마음 정리

요즘 나훈아 아저씨는 마이크를 잡았다 하면
한 사람에게만 질문한다.
"테스형! 세상이 왜 이래 왜 이렇게 힘들어?"
"테스형! 소크라테스형 사랑은 또 왜 이래?"
나도 테스형에게 묻고 싶은 한 가지가 있다.
"테스형! 직장생활이 왜 이래 왜 이렇게 힘들어?"

Chapter 2.

쓸데없는 감동의 효능

얼마 전 '다이돌핀'이란 호르몬에 대해 알게 됐다.

이 호르몬으로 말할 것 같으면 암을 치료하고 통증을 해소하는 데 엔돌핀보다 4,000배 높은 효과가 있단다. 100세까지 사는 것은 두렵지만 일단 회사라도 건강하게 다니고 싶다. 그래서 몇 십 년이 걸릴지 모를 신약 개발을 하염없이 기다리기보다 당장 내 몸에 다이돌핀을 생성시키기로 마음먹었다.

알아보니 '다이돌핀'은 감동했을 때 몸 안에 생성된단다. 예를 들면 좋은 노래나 아름다운 풍경을 만났을 때, 새로운 진리를 깨달았을 때, 엄청난 사랑에 빠졌을 때 등이다. 그래서 나는 감정이 무뎌지고 화가 끓어오르는 월요일 출근길에 '다이돌핀 생성'을 위해 몇 가지 노력을 해봤다.

1. 사람에 대한 먹먹한 감동

출근하기 위해 현관문을 열었다. 복도식 아파트답게 문을 열자마자 바깥세상이다. 동 간격이 넓지 않아 건너편 아파트 거실이 적나라하게 보인다. 그 많은 집들 중 베란다 구석에서 쭈그리고 앉아 담배를 피우고 있는 중년 남자가 눈에 들어온다. 평소라면 관리실에 전화해 신고할 일이다. 그러나 오늘만큼은 저 남자에게도 안타까운 사연이 있지 않을까 짐작해본다. 가장의 무게가 얼마나 무거운가. 2000년 초반, 나의 아버지도 늘 가족들에게 털어놓지 못할 답답함이 있을 때면 낡고 허름한 러닝셔츠와 사각팬티만 입고 베란다에서 담배를 피웠다. 이 시간에 갈 곳 없이 담배를 피우는 가장의 쳐진 어깻죽지는 뭉클함을 자아낸다. 지금은 아버지도 공동생활구역에 적응하는 중이다. 아무래도 저건 신고 감이다.

2. 떠나는 이를 헤아려보는 감동

문이 닫히려는 광역버스를 향해 뛰었다. 구조를 외치는 듯한 나의 손과 닫히는 버스 유리문이 아슬아슬하게 닿았다. 이쯤이면 기사님도 마음이 약해져 문을 열어주기 마련인데, 오늘은 꽤 엄격한 기사님이 운전대를 잡은 모양이다. 간절하게 부르는 "아저씨"란 목소리와 다급하게 두드리는 내 손짓을 모른 척하신다. 떠나는 버스를 보며 눈물이 찔끔 나왔다. 새로운 진리를 깨달았다. 변심한 연인도, 모른 척하는 기사님도 붙잡는 게 아니다. 떠날 사람은 끝내 떠난다. 다만, 모든 진리가 감동적이지 않다는 게 안타까울 뿐이다.

3. 세상과 단절되는 감동

다음 버스를 탔다. 자리가 없다. 그런데 도로까지 막힌다. 이러다가는 오늘도 경기도 대중교통의 문제점을 되짚다가 울화가 터질 기세다. 그러나 이렇게 기분과 건강을 망칠 순 없다. 다이돌핀 생성을 위해 음악을 듣기로 했다. 귀에 이어폰을 꽂고 마음에 안정을 주는 음악을 틀었다. 눈을 감고 음악과 어울리는 푸른 들판을 떠올려본다. 빠져든다. 빠져든다. 그런데 깊게 빠져들진 못한다. 차멀미가 심한 탓에 속이 울렁거린다. 결국 토할 것 같은 지경이 돼서야 지하철역에 도착한다. 좋은 음악은 심신 안정에는 효과적이지만 멀미에는 효과가 없다는 걸 다시 한 번 확인한다.

4. 사랑스럽고 아름다운 이에 대한 감동

지하철에서는 빠른 결단력과 행동력으로 자리에 앉았다. 심호흡하며 울렁이는 속을 진정시킨다. 그러다 옆자리에 앉아 있는 아기와 눈이 마주친다. 하얀 피부, 맑은 눈, 입가에 묻은 과자 부스러기까지 사랑스럽다. 피식 웃음이 나온다. 이번에야말로 다이돌핀이 나올지도 모른다. 그런데 그때 아기가 나를 보며 울어댄다. 이상하게 아기들은 날 싫어한다. 조카 말에 의하면 어렴풋이 예쁜 것들을 구분하기 시작할 때쯤 '까맣고 못생긴 고모'를 싫어했는데, 인성을 배울 나이가 되고 보니 그 기억이 참 미안했다고 한다. 어쨌든 사랑에 빠지는 순간도 실패다.

5. 영상으로 재탕하는 감동

울어대는 아기는 내가 눈길을 거두자 조용해진다. 나는 어떻게든 감동적인 출근길을 만들기 위해 휴대전화에 저장해둔 영화 〈인턴〉을 보기로 한다. 이 영화에서 내가 가장 좋아하는 장면은 은퇴 후 따분한 삶을 살던 주인공 벤이 인턴이 되기 위해 셀프 인터뷰를 촬영하는 장면이다. 보고 또 본 장면인데 오늘따라 이 장면이 슬프다. 특히 '할 수 있는 건 뭐든지 다 해봤다'라는 그의 말에 눈물이 떨어진다. 아마도 곧 회사에 도착하는데, 할 수 있는 것은 다 해봤는데, 도무지 마음을 움직이는 아무런 감동도 만들어내지 못했기 때문이다.

대략 한 달간 나는 다이돌핀이 생성되는 감동을 위해 쓸데없는 짓들을 많이도 해봤다. 그 결과 감동이란 계획대로 생성되지 않는다는 걸 알게 됐다. 그리고 진짜 감동은 의외의 곳에서 튀어나왔다. 업무 스트레스 때문에 처음 마셔본 소주가 들어간 카페라테라든가, 늘 직원에게 갑질을 하던 대표님이 자리에서 밀려나지 않기 위해 공개적인 자리에서 고개를 숙이는 모습이라든가, 회사 건물 밖에서 멍하게 앉아 있다가 마주친 노을 진 하늘 같은 것들 말이다.

경험해보니 쓸데없는 것들로부터 느끼는 감동은 은근 효과적이었다. 내가 불안한 회사원이란 사실을 좀 더 자주 잊게 해줬으니까.

오늘의 **마음 정리**

아주 잠깐 고개를 돌려보면,
아주 잠깐 지그시 바라보면,
아주 잠깐 생각을 지워내면,
쓸모 있는 감동이 느껴진다.

Chapter 3.

쓸데없는 욕의 부작용

나는 '은근히' 욕을 잘한다.

일하다 보면 너무 화가 나 당장 관두겠다며 침 뱉듯 말하고 짐 싸서 나오고 싶은 순간이 있다. 나는 그럴 때면 입안에 초콜릿을 잔뜩 넣고 볼륨을 최대한 줄이며 이렇게 말한다.

"씨베리안산 싹퉁 위에 굽는 갈비지(Garbage)를 능가하는 세상 어디에도 없는 개놈 프로세스를 잘근잘근 씹을 씹씹한 휴먼(Human) 같으니라고!"

하지만, 발음이 매우 부정확하고 작은 목소리로 오물거리듯 읊어서 상대에게는 모호하게 들린다. '혹시 내 욕인가?' 하는 의심의 눈초리로 나를 쳐다보면 나는 입안에 초콜릿을 더 집어넣고 노래를 흥얼댄다.

내가 서른 중반에 이렇게 유치한 짓을 하는 까닭은 고통 없이 일하고 싶어서다. 그래도 그렇지 다 큰 성인이 무슨 욕이냐고 묻는다면, 이것이 '통증 완화에 효과적'이기 때문이라고 대답하겠다. 진짜다.

영국 킬대학교와 센트럴랭커셔대학교 연구팀에 의하면 '욕'이 고통을 감소시킨다고 한다. 연구팀은 서로 다른 국적을 가진 지원자들을 모아놓고 두 그룹으로 나눈 후, 평소 잘 쓰지 않는 손을 얼음물에 넣게 했다. 이때 한 그룹은 욕설을 하게 하고, 다른 그룹은 욕설은 물론 어떠한 저속한 단어도 쓰지 못하게 주의시켰다. 그 결과 욕을 한 그룹은 1분 18초 동안 얼음물을 견뎌냈지만, 욕을 하지 못한 그룹은 45.7초를 버티는 데 그쳤다. 다시 말해 욕을 한 사람이 고통을 더 잘 견뎠다는 얘기다.

하지만, 이런 효과적인 욕에도 부작용은 있기 마련이다. 혹시 마음이 잘 맞는 직장동료와 회사 또는 직장상사 욕을 시간 제한 없이 실컷 하다가, 도리어 욕하기 전보다 더욱 우울해진 적이 있지 않은가. 화장실에서 살짝, 점심 먹으면서 잠깐 욕을 했을 때는 참 개운했는데 말이다. 이것이 욕의 안타까운 부작용이다. 약도 욕도 남용하면 위험하다. 특히 욕을 먹어야 할 대상이 없는 곳에서 하는 농도 짙은 욕은 어느 방향으로 던지든 꼭 내게 돌아오는 부메랑과 비슷하다.

오늘의 **마음 정리**

'욕의 효과'를 제대로 보려면
평소에 쓸데없는 욕을 하지 않는 습관이 필요하다.
참으라는 말이 아니다. 아끼라는 당부다.
욕에도 내성이 생긴다.
따라서 고통이 적은 회사생활을 위해서는
'때와 장소에 맞는 적절한 양의 욕'이 필수다.

Chapter 4.

쓸데없는
일정의 지속성

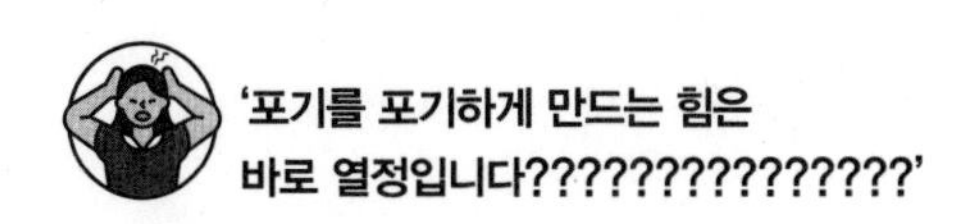

'포기를 포기하게 만드는 힘은
바로 열정입니다???????????????'

대표님 연설문을 작성하다가 물음표 자판을 꾹 눌러버렸다. 기획이나 글 쓰는 일을 하다 보면 마음에도 없는 말을 술술 쓴다거나 나는 절대 실천하지 않을 일을 강력하게 권해야 할 때가 있다. '건강 식단'에 대한 기사를 쓰면서 정작 나는 삼각김밥과 컵라면을 게걸스럽게 쑤셔 넣는다거나, 매일 아침 아슬아슬하게 일어나면서 '아침형 인간'을 찬양하는 기획을 한다거나, 포기하는 일마저 귀찮아진 시점에도 '포기를 포기하게 만드는 열정'이란 괴상한 문장을 담아 글을 쓴다.

그런데 오늘은 궁금했다. 대체 열정이란 뭘까. 대체 왜 회사에 이토록 많은 열정을 불살라야 할까. 대체 왜 상사와 대표들은 '열정'이란 단어에 중독된 걸까.

언제부턴가 회사 일에 열정이 식어버렸다. 처음에는 잠시 지겨워졌다고 믿었다. 그런데 새로운 프로젝트를 진행하면서도 시들시들했다. 노동 대비 터무니없는 처우와 보상이 원인인 걸까. 그렇지만 10년을 이렇게 일했다. 로또가 아닌 이상 회사에서 큰돈을 만질 날이 오리란 상상을 한 적도 없다. 대체 왜 이럴까. 오랜 고민 끝에 내가 찾아낸 답은 이랬다.

'그냥 아무렇게나 열정을 뿜어댄 탓'이었다.

어린 시절 '열정'은 누군가의 훈수로 시작될 때가 많았다. 열심히 공부해라. 열심히 일해라. 열심히 살아라. 엄마, 아빠, 친척 어른들, 심지어는 길 가다 눈이 마주친 어른들까지도 '열심히'를 강조했다. 무엇이든 열정을 다해 열심히 하면 다 된다고 배웠다. 그 결과 나는 매일 왕복 2시간 반을 오가며 하루 평균 9시간을 책상에 앉아서 일하는 중이다.

얼마 전 《열정의 배신》이란 책을 선물 받았다. 조지타운대학교 교수인 저자 칼 뉴포트가 쓴 이 책을 읽다 보면 〈열정 같은 소리 하고 있네〉란 영화 제목이 떠오른다. 작가는 일에 있어 무작정 열정을 따르는 것이 위험하다고 주장한다. 또한, 열정만 있다면 무엇이든 해낼 수 있다는 근거 없는 맹신이 오히려 일에 대한 만족도를 떨어지게 한단다. 그러면서 자신의 본업을 사랑하기 위해서는 열정이 아닌 실력을 갖추고, 지위보다 자율성을 추구하고, 작은 생각에 집중하고 큰 실천을 하라고 조언한다. 아, 그의 조언이 열정만큼이나 쉽지 않아 보인다. 그렇지만 책에 담긴 메시지는 마음에 와닿는다.

'좋아하는 일은 찾는 게 아니라 만들어지는 것.'

좋아하는 일을 찾기 위한 시행착오는 필요하다. 그러나 시행착오만 반복하다 보면 내게 맞는 일을 찾아낼 확률이 더욱 더 낮아진다고 한다. 차라리 내가 하는 일의 가치를 믿고 꾸준히 했을 때, 그 일이 좋아하는 일이 될 가능성이 크다고 한다. 그러니까 좋아하는 일을 찾는 데 지나치게 많은 시간을 투자하기보다는 현재 하는 일에 집중해보라는 것이다.

30대 후반을 앞둔 요즘, 믿어왔던 열정에 배신당한 기분일 때가 있다. 점점 회사 업무에 열정이 식어가는 건 당연한 일인지도 모르겠다.

나는 지금 좋아하는 일을 하는 걸까. 지금 여긴 내가 좋아하는 일을 할 수 있는 곳인가. 도무지 열정이 생기지 않는다거나, 아주 쉽게 열정이 꺼져버리는 일은 내 일이 아닌 게 아닐까. 열정에 대한 압박은 이처럼 나를 자꾸만 의심하게 만든다.

이제는 안다. 회사 업무에 필요한 것은 열정이 아닌 일정이라는 것을. 처음부터 가차 없이 속력을 내는 뜀박질보다는 일정한 속도와 호흡으로 달리는 사람이 마라톤 완주에 유리한 것처럼, 뜨거운 열정을 불사르며 일하는 것보다 일정대로 차곡차곡 업무를 해내는 직장인이 스트레스가 적지 않을까 싶다.

아직 끝내지 못한 대표님 연설문을 이렇게 수정해본다.

'포기를 포기하게 만드는 힘은 열정이고, 열정을 포기하게 만드는 힘도 열정입니다.'

오늘의 **마음 정리**

물론 이대로 제출하진 않을 것이다.
이는 회사와의 재계약을 포기하는 열정이
될지도 모르기 때문이다.

Chapter 5.

쓸데없는
의심의 필요성

분명 이별을 먼저 통보한 쪽은 나였다.

남자친구에게 딴 여자가 생겼기 때문이었다. 내가 처음 데려간 식당을 그 여자에게 소개하고, 내가 선물한 자동차 시트에 그 여자를 앉히더니, 내 노트북으로 그 여자와 놀러 갈 펜션을 예약했다. 모든 사실을 알게 된 후 그에게 묻자, 아무런 대답이 없었다. 긍정이었다. 심지어 미안하단 말조차 듣지 못했다. 그런데도 얼마 후 먼저 연락한 건 나였다.

'진짜 나랑 헤어질 생각이야?'

답장은 오지 않았다. 더 황당한 건, 그 후에도 홀로 몇 날 며

칠을 대체 어디서부터 잘못된 걸까 곱씹느라 잠을 이루지 못했다는 것이다. 지금 와 생각해보면 내가 그 연애를 확신했던 게 실수였다. 몇 년간 좋아한다며 따라다닌 남자가 나를 쉽게 배신할 리 없다고 자신했다. 그래서 아무것도 의심하지 않았다. 점점 뜸해지는 연락, 자꾸 취소되는 약속, 만나도 어색한 분위기 등을 감지했지만 부정했다. 에이, 설마.

이 연애에 모든 걸 뒤집어씌우고 싶진 않지만, 그 뒤로 의심이 증폭됐다. 보이는 대로 믿지 않으려 했다. 의심이 많아진 것이다. 회사에서도 그랬다. 이번 일만 잘 끝내면 좋은 일이 생길 거란 상사의 말도, 너는 여기서 일하기 아깝다는 동료의 말도, 믿고 맡길 사람이 당신뿐이라 늦은 시간에 전화했다는 거래처 직원의 말까지. 더는 그럴듯한 말에 현혹되지 않았다.

이런 나와 달리 1년쯤 함께 일한 팀장은 자신에게 강력한 확신을 지닌 사람이었다. 내가 없으면 회사와 팀이 돌아가지 않는다. 그러므로 나는 조금 실수를 해도 괜찮다. 회사는 내 편을 들어줄 테니까. 민망하게도 저런 얘기를 팀원들에게 공공연하게 할 정도였다. 실제로 회사는 부하직원과 문제가 생길 때마다 그를 감싸고돌았다. 그런 팀장 싫다고 뛰쳐나간 사람이 내가 입사할 때 이미 세 명이 넘었다.

그러던 어느 날, 새로운 부장이 왔다. 팀장보다도 젊은 부장이었다. 둘 사이에 묘한 신경전이 벌어졌다. 돌이켜보면 유치하기 짝이 없다만, 한 가지 에피소드를 떠올리면 이랬다. 인사할 겸 모여서 첫 점심 회식을 하던 날, 두 사람은 이런 대화를 주고받았다.

"부장님, 이쪽 업무는 신경 쓰지 않으셔도 됩니다. 제가 회사에서 황무지나 다를 바 없는 이 분야의 업무 시스템을 모두 구축해놓았거든요."

"대단한 업무도 아니고 모를 게 있나요? 앞으로 진행되는 일은 세세하게 보고해주세요."

"네? 네……."

"그나저나, 콘텐츠 관련 일은 젊고 창의적인 분들이 많이 하던데, 김 팀장님은 이제 나이가 좀 많으신 거 아닌가?"

저런 맥락의 담화를 듣고 있자니 목에 음식이 컥 하고 걸렸다. 아웃백 부시맨빵과 투움바 파스타를 내가 얼마나 기다려왔는데……. 점심 회식한다기에 전날 저녁부터 준비해왔는데 말이다.

불길한 예감은 왜 이리도 적중하는지. 그 뒤로도 팀장이 연차로 밀어붙이면, 부장은 직급으로 찍어 내리는 일이 반복됐다. 그 아슬아슬한 관계는 싸움으로 이어졌다. 회식 자리에서

술에 잔뜩 취한 팀장이 염려했던 말을 뱉어버린 것이다.

"야! 너 몇 살이야?"

사람은 자신의 정체성을 위협당하면 불안하고 심각해진다. 누구에게나 가치관이 있고, 때에 따라 그것을 지키기 위해 고집을 피운다. 사실 회사에서 팀장에게 크게 간섭하지 않은 이유는, 내가 일하던 팀 업무를 중요하게 여기지 않아서였다. 회사 매출에 큰 영향력이 없을뿐더러, 단발적으로 보여주고 끝나는 업무가 대부분이었다. 그러니 팀 안에서 일어나는 잦은 분란도 관심이 없던 거다.

부장과 다툰 다음 날, 팀장은 퇴사 의사를 밝혔다. 그의 말과 달리 아무도 팀장의 바짓가랑이를 붙들지 않았다. 인사팀에서는 어찌나 발 빠른지, 하루 뒤에 채용공고까지 올렸다. 그는 팀원들과 말을 섞지 않았다. 자신을 따르던 남자직원들이 싸움이 벌어지던 날, 나 몰라라 했다는 데 배신감을 느낀 것이다.

"제가 짧아도 한 달은 있어야 할 것 같네요. 여기 시스템이랑 거래처를 제일 잘 알고 있는 게 저라서요. 팀원들한테 인수인계해줘야 할 것도 많습니다."

당장 관둘 것 같던 그는 채용공고를 확인하고는 인사팀에 전화했다. 이번에도 그의 상상과 달리 회사는 제발 좀 있어달라는 말이 없었다. 왠지 모르게 바람난 남자친구에게 '진짜 나랑 헤어질 거냐'고 묻던 내 과거의 모습과 겹쳐 보였다.

팀장이 출근한 마지막 날. 다른 팀원들은 모두 출장을 간 탓에 사무실에는 그와 나 둘뿐이었다. 늘 탐탁잖게 여기던 팀원과 단둘이 식사하는 게 불편해서인지. 그는 12시가 되기 전에 먼저 나가버렸다. 잠시 후 혼자 느긋하게 구내식당에 내려갔더니, 팀장이 혼자 앉아 밥을 먹고 있었다. 망설이다가 식판을 들고 앞에 앉았다. 흠칫 놀란 얼굴이었으나, 이내 묵묵히 밥을 먹었다.

"요즘 힘드시죠?"

나도 모르게 저런 말이 나와버렸다. 저 성질에 나에게 식판을 던지는 게 아닐까. 순간 덜컥 겁이 났다. 한데 그의 다음 말에 입안의 밥알들이 까슬까슬해져버렸다.

"하루 씨, 나는 나만 안다고 생각했거든. 근데 그게 아니더라. 내가 한 달 가까이 회사에 와서 손 놓고 있는데 팀이 잘 돌아가더라. 아무도 나한테 안 물어봐. 나만 아무것도 모르고 있었다는 기분이 드네."

프로젝트 성공 여부, 직장동료와의 협업, 외부에서 보는 회사 평판 등. 직장생활 중에 많은 것들을 의심하면서도, 단 한 가지. 자신만은 절대 의심하지 않는 것은 꽤 위험한 행동이었다.

오늘의 **마음 정리**

누가 그러더라.
세상과 싸우고 있다고 떠드는 사람 중에는,
실은 자기 자신과 싸우는 중이란 걸
모르는 사람이 많다고.

5 장

회사 가기 싫어서 받은 심리상담

Chapter 1.

나는 괜찮지 않았다

"월요일까지 완성하래요."

금요일 오후였다. 이미 수정 중인 콘텐츠가 있었다. 이것만으로도 빠듯한 날이었다. 그런데 새로운 걸 만들어내라니. 또 일거리를 들고 퇴근해야 했다. 대체 몇 주째야.

"갑질도 정도껏 해야지."

사무실을 나와 편의점에서 과자를 잔뜩 샀다. 돌아오는 길에 욕이란 욕은 다했다. 평소 나라면 이쯤에서 풀려야 했다. 그런데 욕을 과하게 남용한 것인지 마음 한구석에 피어오른 뜨겁고 불쾌한 감정이 추슬러지지 않았다. 오히려 더 활활 타

올라서 주말 내내 화난 사람이 되어버렸다. 처음 있는 일도 아닌데 왜 이렇게 화날까.

"그냥 이혼해!"

결국, 주말에 사소한 문제로 남편과 다퉜다. 홧김에 이혼 얘기를 꺼냈고 그날 우린 각방을 썼다. 나는 홀로 침대에 누워 그에게 서운하고 화났던 일들을 곱씹다가 새벽에 잠이 들었다. 그런데 다음 날 눈을 떴을 때, 이해되지 않았던 건 남편이 아닌 나였다. 그래도 그렇지 이혼이란 단어는 도대체 왜 꺼낸 걸까.

우리 부부는 서로에게 사소한 불만이 있지만 대체로 사이가 좋은 편이다. 결혼 5년 차인 지금도 함께 시간을 보내는 게 즐겁다. 문제가 있다면 매일 집으로 회사 일을 가져간 나였다. 힘든 것인지 화난 것인지 나조차도 내 마음이 읽히지 않았다.

다시 그때로 돌아가는 것 같아 무서웠다.

지난해, 그러니까 이천십팔년. 나는 힘들고 괴로운 시간을 보냈다. 가장 큰 원인은 회사였다. 매달 무례한 사람들과 무리한 업무를 진행했다. 그 와중에 이사 문제까지 겹쳤다. 대상포진, 공황장애, 탈모 등 스트레스로 몸 상태가 엉망이 됐다.

그런데도 일은 계속됐다. 어느 날은 출장이 있었다. 오전까지 회사에서 업무를 하다가 떠나는 일정이었다. 도착한 곳에서 새벽 1시까지 일하고, 근처 호텔에서 잠을 자고, 새벽 6시에 일어났다. 그리고 다시 현장에 가서 밥 먹을 시간도 없이 오후 7시까지 일했다. 사람들과 대화할 일이 많은 나는 되도록 힘든 기색을 보이지 않고 미소 지었으나, 일이 끝날 때쯤에는 더는 웃을 수 없었다. 부장님이 한 말 때문이었다.

"멍청한 사람은 일을 힘들게 생각해. 능력 키워서 연봉 올리고 성공할 생각은 안 하고. 그렇지 않아? 하루 씨?"

마치 '힘들다고 멍청해지려는 건 아니지?' 하고 삐딱하게 해석되는 그 말에 참아왔던 감정이 왈칵 쏟아졌다. 순간 '그래서 당신은 성공한 게 겨우 그거야?'라고 되물을 뻔했다. 울컥하는 사이 부장님은 사라졌다. 애초에 내 대답을 듣고자 했던 말이 아닌 듯했다. 그리하여 갈 곳을 잃은 분노는 뜬금없는 곳으로 향했다.

"대체 언제 와? 빨리 좀 와."

"왜 자꾸 전화해서 사람을 힘들게 해!"

때마침 전화한 남편에게 버럭 소리를 지르고 엉엉 울었다. 당황한 그는 대체 무슨 일이냐고 물었지만, 나는 설명할 수 없었다. '요즘 일이 많아서 힘들어'라고 말하기 싫었다. 꼴사나운 분노를 느끼는 내가 창피하고 비참했다. 어디서부터 꼬

여버린 건지 나도 모르는데 남편에게 찾아달라고 할 순 없는 노릇이었다.

그 후 몇 달간 불안하고 우울했다. 웃을 수 없었다. 버스를 기다릴 땐 어지러움을 느꼈고, 버스에서는 매스꺼움을 느꼈다. 그렇게 집에 돌아오면 라면 같은 인스턴트 음식으로 끼니를 때우고 소파에 누웠다. 그리고 휴대전화를 쳐다보다가 식탁에 앉아 일을 했다. 가끔 사무실에서 호흡하는 게 힘들었고, 주말에도 자면서 식은땀을 흘렸고 월요일 아침에는 두통이 밀려왔다.

그 후 일 년의 시간이 흘렀다. 나는 괜찮아졌다. 아니, 괜찮아졌다고 착각했다. 화가 날 때는 일단 심호흡을 세 번 내뱉을 것, 최대한 감정을 드러내지 말 것, 내가 해야 한다는 압박감을 버리기 등 나름 규칙을 정했다. 효과가 없었던 건 아니었다. 게다가 시기가 잘 맞아떨어져서인지, 회사 업무도 전보다 많이 줄어들어서인지, 힘듦이 모래알처럼 바람에 흩어졌다.

그런데 다시 회사 일이 많아지자, 야근할 일이 늘어나자, 전처럼 모든 게 엉망이 되어가는 느낌이 들었다. 이번에는 상황이 더욱 나빴다. 몸과 마음도 문제였지만, 일이 어려웠다. 마치 고장 난 기계가 된 느낌이었다. 간단한 업무도 간단히 끝내지 못했고, 일이 몰리면 속이 메스꺼웠다. 나는 우울했고, 불안했고, 지쳐갔다.

오늘의 **마음 정리**

하지만 이번에는 피하고 싶지 않았다.
정면돌파.
직접 내 감정과 마주하기로 했다.
그래서 심리상담을 신청했다.

Chapter 2.

아빠를 닮아가고 있던 딸

'심리상담 기간 중 자해 또는 자살을 하지 않을 것입니다.'

심리상담 첫날, 상담 기간에 지켜야 할 사항이 담긴 서약서를 받았다. 서명하기 전에 내용을 살폈다. 내가 하지 말아야 할 것 중에는 자해와 자살도 포함됐다. 아직 그 정도는 아닌데 너무 일찍 왔나. 그냥 건강 염려증 같은 건가. 게다가 한 달 전에 신청한 상담이라 그때 작성한 내용과도 상황이 달라져 있었다.

그사이 나는 남편에게 이혼 얘기를 꺼낸 것을 사과했고, 낮이고 밤이고 주말이고 일을 주는 회사에 대한 분노도 어느정도 가라앉혔다. 또한 전보다 적극적으로 집안일과 회사 업무를 분리했다. 시도 때도 없이 주는 업무는 거실이 아닌 서재에서 홀로 정리하며 가끔 카페도 갔다. 그렇다고 모든 게 완벽해진 건 아니었다.

"저는요. 불안감이 커요. 알아요. 불안이란 게 사라지지 않는 감정이란 걸요. 다들 가지고 있는 감정이란 것도요. 그저 큰 불안감을 작게 줄이고 싶은 거예요. 제가 어떤 사람인지도 알고 싶고요."

나의 바람을 들은 상담사는 이런 대답을 해줬다.

"시작이 좋네요. 원하는 게 구체적이라."

본격적인 상담에 앞서 작성해야 할 내용이 있었다. 상담사가 건넨 두 장의 종이에는 미완성 문장이 가득했다. 그리고 내가 그 문장을 완성해야 했다. 예를 들면 '나는 우울할 때'라는 글이 있다면 즉흥적으로 생각나는 내용을 써서 문장을 완성하는 거였다.

'나는 우울할 때 잠을 잔다.'

나는 막힘없이 문장을 채워갔다. 그러다 곧이어 마주한 글에 잠시 멈칫했다.

'나는 아버지가…….'

순간적으로 떠오른 단어가 있었다. "너무 깊게 생각하지 말고 떠오르는 걸 쓰세요"라고 했던 상담사 말이 떠올랐다. 그냥 썼다.

'나는 아버지가 안쓰럽고 외로워 보인다.'

"아버지가 안쓰럽고 외로워 보인다고 쓰셨는데요, 아버지와 관계가 어때요?"

회사 스트레스, 불안감, 달라진 내 모습이 혼란스러워서 갔는데 가족 얘기라니. 얼떨떨했다.

"친해요. 취향이 비슷하거든요."

"아버님이랑은 어렸을 때부터 친했어요?"

"아, 아뇨. 그건 아니고. 스무 살 때부터요.

"스무 살이요? 그때 무슨 특별한 계기라도 있었나요?"

어디부터 어디까지 말해야 할까.

"네. 그때 일 년 정도 아빠랑 둘이 살았거든요."

이유 없이 묻진 않겠지. 나는 그동안 굳이 남들에게 하지 않았던 나의 이야기를 꺼냈다.

스무 살 때 아빠 사업이 힘들어졌다. 부부가 이혼하는 가장 큰 이유 중 하나가 '경제적 어려움'이란 사실을 직접 확인했다. 부모님은 날마다 싸웠고, 오빠는 군대에 가 있는 탓에 다툼을 말릴 사람은 나뿐이었다. 서로를 비난하고, 욕하고, 때로는 물건이 부서졌다. 어려워지기 전까지 부모님은 사이가 좋았다. 서로를 미워하고 증오하게 될 줄 몰랐다.

그 과정에서 숨겨진 비밀도 드러났다. 아빠에게 부모님이 없다는 것이었다. 내가 오랜 시간 할머니 할아버지라고 불러온 분들은 아빠의 큰어머니와 큰아버지였다. 아빠의 진짜 아버지는 어린 시절 돌아가셨고, 진짜 어머니는 재혼하면서 아들을 버렸다.

그제야 퍼즐이 맞춰졌다. 좋은 부모님 밑에서 자랐다고 생각한 아빠의 얼굴에 그늘이 많았던 이유. 자신은 무뚝뚝하면서 아이들에게는 "할머니 할아버지한테 잘해드려. 그런 분들 세상에 또 없다"라고 했던 이유. 외할머니가 찾아와 "난 내 딸 인생이 더 중요해"라고 했을 때, 아빠가 대들었던 이유. 모든 것에는 이유가 있었다.

부부관계가 회복되지 못하리라 판단될 때쯤, 엄마는 외할머니댁으로 갔다. 누구의 잘못도 아니었다. 더 많이 잘못한 쪽도 없었다. 그러나 나는 아빠가 더 안쓰러웠다. 일과 가정이 무너져 내릴 때 아빠 옆에는 나밖에 없었다. 스무 살이면 어른이지만 부모에게 자식은 언제까지고 어린아이일 뿐이다. 아플 때는 위로가 되기보다 미안해지는 존재였다.

집을 팔고 작은 월세 아파트로 이사하던 날이었다. 짐 정리를 마치고 저녁을 먹으러 나갔다. 이사한 동네에도 밥집이 많았지만 우리는 고속도로 휴게소로 향했다. 나는 라면, 아빠는 우동을 주문했다. 말없이 각자 한 그릇씩 비워내고 다시 고속도로를 달렸다. 돌아오는 동안 아빠가 한 말은 이것뿐이었다.

"앞으로 아빠가 아침밥이랑 저녁밥은 챙겨줄게. 걱정하지 마."

그날 밤 거실에서 얕은 발소리가 들렸다. 동이 틀 때까지 아빠는 베란다에서 쪼그리고 앉아 담배를 태웠고, 딸은 뒤척였다. 그렇게 월세 아파트로 이사한 다음 날, 아빠와 나는 고추장찌개를 두고 식탁에 마주 앉았다. 아빠가 끓인 찌개는 고추장과 설탕이 잔뜩 들어가 첫맛은 달고 끝맛은 텁텁했다. 하지만 나는 평소보다 밥을 많이 먹었다.

아빠는 약속대로 매일 밥을 차려줬다. 난 약속한 적은 없지만 늘 맛있게 먹었다. 우린 함께 등산을 가고, 야식을 먹고, 영화를 봤다. 그렇다고 대화가 풍성해진 건 아니었다. 그저 서로에게 어찌해야 할지 몰라 묵묵히 아빠는 딸을, 딸은 아빠의 옆을 지켰다.

"아버님과 특별한 기억이 있네요."

이야기를 끝내고 잠시 먹먹했지만, 눈물이 나진 않았다. 아팠지만 아프다고 할 수 없는 기억이었다. 일 년 뒤 엄마는 돌아왔고, 다시 형편이 좋아진 건 아니지만 우리 가족은 예전처럼 함께 살았다. 아빠와 둘이 산 건 그 일 년이 전부다. 그 시간 동안 아빠는 애썼다. 하나뿐인 딸을 위해 자신의 불안감과 외로움을 감췄다. 문제는 딸이 아빠가 열심히 숨기려고 했던 감정을 고스란히 눈치챘다는 것이다.

어쩔 수 없었던 아빠의 불안함과 외로움이 내 삶 깊숙하게 들어와 있었다. 딸은 엄마 인생을 닮는다던데, 나는 아빠 인생을 닮아가고 있었다. 힘들어도 포기하지 못하는 것들이 하나둘 늘어가는 삶, 그런 삶이 되어갔다. 아마도 불쑥 등장해 나를 힘들게 만들었던 거친 감정은 나보다 강한 아빠를 따라 한 부작용이 아닐까 싶다.

오늘의 **마음 정리**

가장 미숙한 방어기제가 '부정'이라 했다.
그래서 이제는 인정하려 한다.
나의 애쓰고 애쓰려는 인생과
나의 까만 피부와 작고 통통한 체형은
아빠와 붕어빵이다.

Chapter 3.

불안을 안고 사는 사람의 민낯

두 번째 심리상담에서 나는 '차갑다'와 '쌀쌀맞다'라는 표현을 자주 썼다.

"모임에서 만난 언니가 저한테 차갑다고 하더라고요. 전 제가 수다스럽고 잘 웃는 편이라고 생각했기 때문에 그 말이 잘 이해되지 않았어요."

"엄마는 맨날 저한테 쌀쌀맞다고 해요. 그런데 저는 아무리 바빠도 엄마 부탁을 다 들어주거든요. 단지 살갑게 대답하지 못할 뿐인데 말이죠."

"회사요? 3년 넘게 같이 일한 담당자가 있는데요. 제 딴에는 예의 있게 행동한 것 같은데, 나중에 전해 듣기로는 저를

차가운 사람인 것 같다고 했더라고요."

모두 주변 사람이 내게 한 표현이었고 한 친구는 내게 '넌 호불호가 있는 인간이야'라고도 했었다. 그러면서 말할 때는 솔직하고 재밌는데 입 다물고 있을 때 짓는 표정 때문에 오해받기 딱 좋은 캐릭터라고 알려줬다.

"그 이유에 대해 생각해본 적이 있어요?"

내 이야기를 듣고 상담사가 물었다. 짚이는 데가 있었지만 설명하기 어려웠다.

"음……. 밖에서 잘 놀다가도 갑자기 초조하고 불안해요. 왜 그런 거 있잖아요. 집에 가스 밸브는 잠겨 있나. 내일까지 기획안을 작성할 수 있을까. 늦어지면 택시를 타야 하는데 괜찮을까. 갑자기 온갖 걱정이 떠올라서 집중이 어려워지는 거요."

"왜 그럴까요?"

"글쎄요. 강박증? 압박감? 그런 비슷한 감정이 늘 마음 한 구석에 있는 것 같아요. 근데 이게 이자 같아요. 제가 더 열심히 하지 못해서, 더 많은 걸 해내지 못해서 생긴 이자요. 갚지 못한 이자가 눈덩이처럼 불어난 느낌이랄까요."

"그 이자를 누구한테 갚고 있는데요?"

"네?"

"하루 씨가 강박증과 압박감을 느끼며 갚고 있는 이자는 누굴 위한 거죠? 차갑다고 말하는 주변 분들은 아닌 것 같은데요."

"……."

"다 하루 씨 자신을 위한 건데, 왜 자신이 아프고 힘든 것에는 무딘 걸까요?"

나는 대답할 수 없었다.

모든 직장인이 그렇듯 나 역시 일터에서 수많은 마감을 해왔다. 자랑은 아니지만, 나는 이제까지 단 한 번도 마감을 어긴 적이 없다. 불가능할 것 같은 일정도 해내곤 했다. 늘 칼같이 마감을 지켰고, 매번 어떻게든 하면 된다며 밀어붙였다. 나를 쥐어짜며 마감과 약속을 지켜왔다. 그런데 나는 지금 왜 내 삶에 밀린 이자가 어마어마하다고 느낄까? 어째서 해야 할 일을 다 했음에도 열심히 살지 못했다고 결론을 내릴까?

상담사와 대화 속에서 어렴풋이 깨닫게 된 건 견디고 견디다 보니 내가 통증을 제때 느끼지 못하는 인간이 됐다는 것이다. 얼마나 무딘지 피를 보지 않고는 상처를 인정하지 않는 지경이었다.

문득 얼마 전 일이 떠올랐다.

점심시간에 치과에 다녀온 날이었다. 잇몸 치료를 받아 오른쪽 입안과 턱이 마비된 상태였다. 의사는 되도록 마취가 풀린 후에 식사할 것을 당부했다. 점심시간은 1시간. 나는 치료를 마치고 30분 만에 회사로 돌아왔다. 꼬르륵. 극도의 허기를 느끼는 시간이었다. 감각이 마비된 한쪽 얼굴을 짚고 고민에 빠졌다. 씹는 시늉을 해봤다. 느껴지지 않지만 잘 씹을 수 있다는 결론에 이르렀다. 게다가 왼쪽 미각은 살아 있으니 음식 맛도 느낄 수 있다. 사실 의사는 '절대'가 아닌 '되도록'이란 말로 당부했으니 먹지 말란 뜻도 아니었다.

식당 메뉴는 베이컨, 녹두전, 미역국이었다. 나는 숟가락을 들기 전 다시 한 번 강력한 마찰로 윗니와 아랫니의 상태를 확인했다. 딱딱. 딱딱. 경쾌하고 야무진 소리가 났다. 베이컨, 밥, 김치의 환상 조합을 느낄 수 있을 터였다.

벽에 거울이 걸린 자리에 앉아 밥을 먹었다. 미역국을 먹는데 귀퉁이가 깨진 항아리처럼 오른쪽 입에서 자꾸만 국물이 샜다. 턱 아래로 질질 떨어지는 뜨거운 국물이 느껴지지 않았다. 하지만 말짱한 왼쪽 미각에 닿은 국물의 맛은 좋았다. 다음은 베이컨이다. 질겅질겅. 평소보다 힘을 내 씹었다. 오른쪽 치아 사이에 있는 베이컨은 잘리지 않았다. 꾹. 더 힘을 줬다. 그러다 소름이 돋았다. 왼쪽 미각에 감지된 피맛. 나는 불길한 마음에 거울 쪽으로 고개를 돌려 아랫입술을 뒤집어 깠다. 오른쪽 입안이 찢어져 줄줄 피가 흐르고 있었다. 통증이 없으니 제 살이 베이컨인 줄 알고 씹은 거다. 그것도 아주 열심히.

더는 밥을 먹을 수가 없었다. 마취가 풀리면 선명해질 통증이 두려웠다. 문득 고통을 느끼지 못하는 게 무서운 일이구나 싶었다. 피를 봐야만 자신을 돌아보게 된다는 건 얼마나 끔찍한 일인가.

제 살을 씹어 찢어지고 피가 터졌는데도 고통을 느끼지 못한 것처럼 견디고 또 견디며 작은 통증과 고통을 무시해온 결과가 어떤 것인지 내가 아닌 남들 눈에는 훤히 보였다. 쌀쌀맞고 차가운 얼굴로 자신조차 사랑하지 못하는 사람의 민낯을 나는 많은 사람에게 보여주고 살았다. 이것이 얼마나 어리석은지 모른 채 말이다.

"오빠 자기애랑 자존감은 비례하지 않나 봐. 나 그걸 오늘 알았다."

"내가 말했잖아. 넌 자기애에 비교해 자존감이 낮다고. 그래서 늘 걱정이야."

두 번째 상담을 마치고 다시 남편에게 전화를 했다.

그는 최근 몇 년간 나의 민낯과 날것 그대로를 가장 많이 봐온 사람이다. 언젠가 내가 힘들어 죽겠다고 했을 때, 남편은 한동안 아침마다 나를 깨우고 출근했었다. 나중에 왜 그랬냐고 물었더니 “네가 살아 있나 궁금해서”라며 얼버무렸다. 그때 남편 말에 까르르 웃었는데, 지금 와 생각해보니 그는 아내의 고통을 대신 느끼고 있던 게 아닐까 싶다.

오늘의 **마음 정리**

미안해졌다. 그에게도, 나에게도.
그리고 베이컨인 줄 알고 씹은 내 입안에게도.

Chapter 4.

그래,
웃지 말고 울자

"회사에서 관계 때문에 힘들었던 적이 있나요?"

"많죠. 나와 맞지 않는 상사라든가, 이상하게 서로를 견제하게 되는 동료라든가, 절 싫어하던 부하직원도 있었고요. 그런데 그런 일이야 누구나 겪는 거잖아요. 하하하."

"근데, 하루 씨는 불편했던 기억에 관해 얘기할 때 유난히 더 웃으려고 노력하는 거 알아요? 처음에 아버님에 대해 말할 때도 울 것 같으면서 웃더라고요."

"제가 그랬나요?"

"네. 그래서 아마도 하루 씨의 경우 힘들어도 사람들에게 힘들어 보이지 않았을 거예요. 힘들수록 잘 웃고 장난을 치니까요."

"아, 네."

"감정을 분리하는 것과 아무렇지 않은 척 감정을 누르는 건 다른 문제인데 말이죠."

"그게요, 그렇게 하지 않으면 내 안에 쥐꼬리만큼 남은 자존심이라든가 자존감이 다 사라질 것 같아요."

"왜 그렇게 생각하죠? 혹시 그럴만한 일이나 계기가 있었을까요?"

10여 년 전, 근무하던 회사에 좋아하던 부장님이 있었다. 나뿐만이 아니었다. 대부분 직원 모두가 부장님을 잘 따랐다. 젊은 직원들끼리 퇴근 후에 뭉칠 때도 다른 상사들 모르게 부장님만 따로 초대할 정도였다.

부장님의 인기 비결은 포용력과 친화력이었다. 신입사원이 실수를 하면 혼내면서도 감싸줬다. 그리고 정작 본인이 그 일로 불이익을 당하더라도 부하직원에게 감정적으로 화내지 않았다. 이외에도 업무적으로도 배울 게 많았다. 내 경우 지금껏 부장님께 배운 대로 글을 써오고 있다는 점에서 그는 좋은 상사이자, 좋은 선배였다.

그러나 임원과 대표는 이런 직원을 좋아하지 않았다. 직원을 통제하는 데 눈엣가시처럼 보였나 보다. 바른말을 하고 인간적으로 일하고픈 부장님의 인사평가가 늘 좋지 않았던 걸 보면 말이다. 부장님은 충분히 능력 있는 리더였지만, 리더의 리더에게는 그렇지 않았다. 그 결과 부장님은 지방으로 발령이 났다. 말이 발령이지, 동떨어진 곳에 책상을 두고 아무 업무도 주지 않았다. 사실상 퇴사를 압박하는 상황이었다. 모든 직원이 안타까워했지만 아무도 나서지 못했다. 내게도 회사의 위엄을 경험한 첫 번째 순간이었다. 비로소 부장님이 그동안 얼마나 큰 용기를 내며 일해왔는지도 깨달았다.

그쯤 나는 퇴사를 결정했다. 지친 몸과 마음을 달래기 위해 잠시 쉬기로 한 것이다. 얼마간 푹 쉬었을까. 다시 취업을 준비하는 내게 회사 선배가 연락해왔다.

"하루야, 잘 지내지? 저... 부탁하고 싶은 게 있는데……."

놀랍게도 선배의 부탁은 증언이었다. 회사와 최악의 상황까지 간 부장님은 소송을 준비했다고 한다. 그동안 회사에서 어떤 식으로 부장님에게 부당한 대우를 했고, 또 어떻게 퇴사 압박을 했는지에 대한 증거가 필요했다. 선배는 다들 부장님을 도와주고 싶지만, 모두 회사에 소속되어 있다 보니 혹시 모를 불이익이 무서워서 망설이고 있다고 전했다. 그래서 고민 끝에 내게 전화한 것이라 덧붙였다.

"죄송해요. 선배, 그건 좀 어렵겠어요."

나는 거절했다. 업계는 좁았다. 퇴사했지만 아직 업계를 떠난 건 아니었다. 회사 안에 있는 선배들만큼 회사를 떠난 나도 두려웠다. 아니, 회사가 무서웠다.

그날 밤, 잠이 오지 않았다. 뜬눈으로 아침을 맞이했다. 나는 내가 힘들 때 나를 따뜻하게 감싸준 사람을 돕지 않았다. 앞으로 쭉 이렇게 비겁한 쪽을 택할지도 모른다. 시간이 지나면 이런 죄책감도 사라질 것이다. 오랜 고민 끝에 미움받을 각오를 하며 부장님의 연락처를 눌렀다.

"부장님 죄송해요. 도움이 되지 못해서요."

원망을 듣더라도, 과격한 욕을 듣더라도, 눈을 질끈 감고 계속 사과할 작정이었다.

"하하하. 하루 씨, 괜찮아. 괜찮아. 사과해야 할 놈들은 따로 있는데, 왜 하루 씨가 나한테 사과하고 그래. 그나저나 몸은 좀 어때? 잘 지내고 있는 거야?"

그런데 부장님은 원망 대신 안부를 묻고, 욕 대신 걱정을 해줬다. 그러면서 살다 보면 이런 일도 있고 저런 일도 있다며, 걱정하지 말라고 나를 안심시켰다. 끝까지 활기 넘치는 목소리로 웃음까지 섞어가며 말이다.

그리고 얼마 후, 부장님은 회사와의 소송에서 패소했다. 나는 부장님에게 전화하지 않았다. 분명 연락하면 부장님은 괜찮다며 또 웃을 게 뻔했다. 그렇게 웃음으로 버텨내고 있는 부장님의 자존심과 자존감에 나까지 무게를 더하기 싫었다. 그것이 내가 사회생활에서 만난 가장 존경하는 선배에 대한 예의였다.

10여 년이 흐른 요즘은 이런 생각이 든다. 그때 차라리 부장님이 내게 섭섭하다고 말했다면 어땠을까. 걱정할 만한 일이 아니라 내 인생 최대의 사건이라고 했다면 어땠을까. 그랬다면 그때 그 일이 목에서 빼내지 못한 생선 가시 같은 기억이 되진 않았을 것이다. 그리고 부장님처럼 애써 비극을 희극으로 둔갑시키려는 노력을 0, 000001퍼센트쯤 덜 하며 살게 됐을지도 모른다.

감정은 반응이다. 부당한 대우를 받았을 때, 억울한 일을 당했을 때, 분노하고 화난 표정을 짓게 되는 것은 내 감정에 대한 반응이다. 그리고 나의 감정을 어떤 식으로 표현할지에 대한 결정권도 나에게 있다. 그 감정이 부정적이라 할지라도 말이다. 한데 어릴 적부터 부정적인 감정은 참고 감추는 것이 어른이고 프로라 배웠다. 상황에 따라 어떤 반응을 내비칠지 선택할 생각 따위는 하지 못했다.

하지만, 감정을 분리하는 것과 참는 것은 다른 문제였다. 나를 힘들게 하는 회사생활에 대한 부정적인 감정을 퇴근 후에 끊어내고 내 일상에 집중하는 것은, 감정을 분리하는 일이다. 그리고 회사에서 재계약을 들먹거리며 무리한 업무를 시키고, 내가 찍소리 없이 꾸역꾸역 일하는 것은, 감정을 참는 것이다. 나의 감정에 질문할 수 있는 사람은 나뿐이다. 내가 참는 감정이 나를 불행하게 만드는가 아닌가에 대한 질문 말이다. 나를 불행하게 만드는 감정을 스스로 억압하는 일은 위험하다. 마구 구겨서 어디론가 던져둔 감정은 훗날 예고 없이 내 인생을 압류하려는 빨간 딱지가 되어 돌아올 테니까.

나는 네 번째 상담을 마치고 돌아오며 결심했다. 재수 없는 본사 담당자와 얘기할 때는 굳이 웃지 말자. 걔가 먼저 웃어도 나는 절대 따라 웃지 말자.

오늘의 **마음 정리**

울어야 할 때 울고
웃기 싫을 때 웃지 않는 게
내가 내 마음과 소통하는 방법이니까.

Chapter 5.

아직 불행하지 않다면
아직 행복하단 의미죠

"예전에는 안 그랬는데요.
요즘은 회사에서 일이 없을 때도 일하는 척을 해요."

늘 바쁜 건 아니다. 사무실에 출근했는데 딱히 할 일이 없을 때도 있다. 전날 프로젝트가 끝났다거나, 상사 또는 본사 담당자가 장기 해외 출장을 떠나, 일이 원활하게 돌아가지 않을 때가 그렇다.

"혹시 아직도 회사가 무서워서 그런 게 아닐까요?"

"네?"

"지난주에 회사가 무서워서 그 부장님이 소송할 때 도와주지 못했고, 그 감정이 오랜 시간 목에 걸린 생선 가시처럼 남았다고 했잖아요."

"예전에는 회사를 관둬도 무엇으로든 먹고살 수 있겠다는 자신감이 있었거든요. 근데 요즘은 '회사를 그만두면 그 후에는 어떻게 살지?' 하는 생각들로 불안하고 막막해요."

"하루 씨가 회사를 관두면 어떻게 될까요?"

"맞벌이에서 홀벌이가 되면서 수입이 반으로 줄어드니까 돈이 걱정되겠죠. 요즘은 흙수저가 홀벌이로 사는 게 쉽지 않잖아요. 수명도 길어졌는데 회사는 잘리기 쉬워졌고, 이것저것 고민되고 불안해지겠죠."

"불안하면 불행해지는 건가요?"

"계속 불안하면 불행해지지 않나요?"

"아직 일어나지 않을 일을 불안해하면서, 일이 벌어지기 전에 불행해지는 거네요?"

"네?"

그랬다. 나는 늘 불행이 오기 전에 먼저 불행해져버리는 사람이었다.

20대에도 시험과 취업을 준비할 때면 시작도 하기 전에 불안해졌다. 떨어지면 어쩌지, 안 되면 어쩌지 일어나지도 않은 나쁜 일들을 상상하다가 무기력해졌다. 그러다 결과가 상상과 맞아떨어지기라도 하는 날이면 미리 장착해둔 불행을 수류탄처럼 꺼내서 자폭해버렸다. 그래도 이때까진 괜찮았다. 걱정과 달리 일이 잘 풀릴 때도 많았으니까.

이런 증상이 짙어진 건 몇 년 전부터였다. 나는 지금 한 외국계 기업에서 파견직으로 일한다. 1년 단위로 재계약되는 이곳에서 네 번의 계약을 하며 4년 넘게 근무하는 중이다. 그리고 일하는 내내 슬럼프를 겪었다. 예전처럼 작은 성취에 팔짝팔짝 뛰며 즐거워하지 못했다. 갑과 을의 관계가 확실하고, 본사와 파견업체의 선이 분명했으나, 일은 정량 없이 무한대로 진행됐다. 성취감 말고도 다양한 감정이 오가는 근무환경이었다.

그중 '치사함'은 벗어나기 힘든 감정이었다. 치사함이라. 아주 모호하게 들릴 것 같아 설명하면 이렇다. 재계약이 될 때마다 내게 주어지던 것들이 한 가지씩 사라졌다. 두 번째 계약에서는 인센티브가 사라졌고, 세 번째 계약에서는 교육비 지원이 사라졌고, 네 번째 계약 후에는 직원 할인 혜택이 사라졌다. 그러더니 얼마 전에는 한 차례 조정됐던 야근수당과 출장비가 다시 언급된다. 아마도 다섯 번째 계약을 회사 쪽에 유리하게 이끌기 위한 떡밥이 아닐까 싶다. 이 외에도 회사는 내게 각양각색의 치사함을 알게 해줬다. 다 작성하면 나의 첫 책이었던 《나는 슈퍼 계약직입니다》의 속편이 나올 것 같아 참는 것으로 하겠다.

그렇다고 모든 게 회사 탓은 아니다. 20대부터 겹겹이 쌓아온 크고 작은 실패와 사람 멜랑꼴리하게 만드는 회사의 치사함에 지친 건 나니까. 그러고 보니 나는 요즘 불안마저 건너뛰는 경우도 종종 있었다. 불안한 마음에 지친다고 속전속결 바로 불행해져버리는 일이 많았다.

"하루 씨, 불안이 사라지지 않는다는 걸 알지만, 불안을 작게 줄이고 싶다고 했었죠?"

"네."

"그럼 일단 불안을 있는 그대로 받아들이는 게 어때요? 불안도 얼마간 앓다가 떨어져 나가는 감기 같은 거죠. 불안하다고 불행해지는 건 억울하잖아요. 감기에 걸렸다고 죽음부터 떠올리는 것처럼요."

마지막 상담을 마쳤다.

집으로 돌아가며 회사와 다섯 번째 계약을 못할 경우를 떠올렸다. 홀벌이로 수입이 반으로 줄어들 것이고, 따라서 모든 비용을 줄여야 한다. 한동안 어떤 일을 할지 고민하고 방황할 것이다. 그리고 어떻게든 또 살아갈 것이다. 그뿐이다.

〈인생술집〉이란 방송 프로그램에서 배우 강하늘이 행복에 관한 이야기를 한 적이 있다. 그는 어떤 책에서 '과거는 거짓말이고 미래는 환상일 뿐이다'란 구절을 읽고, '우리에게 닿을 수 있는 건 오직 지금뿐이다'란 깨달음을 얻었다며 이런 결론을 내렸다.

"지금 내가 딱히 불행하지 않다면 지금이 가장 행복한 게 아닐까요?"

♥ 오늘의 **마음 정리**

내 안의 두려움과 불안을 받아들이는 일은,
내가 놓치고 있는 수많은 행복을
되찾는 일이 될지도 모른다.

Chapter 6.

내 발로 간 심리상담의 솔직 후기

"나 심리상담 받으려고."

아무도 묻지 않았다. 권한 사람도 없었다. 심리상담을 받은 건 내 결정이었다. 굳이 내 발로 찾아가 받는 심리상담에 대해 주변 사람들에게 먼저 말을 꺼낸 것도 나였다. 혹시 나를 이상한 사람으로 보면 어쩌지? 예전에 상담을 받을까 말까 고민할 때는 이런 걱정도 했다. 그러나 몸도 마음도 아파보니 남의 시선 따위가 대수냐 싶었다.

막상 심리상담을 받는다고 말하자 걱정했던 대로 나를 묘한 눈초리로 바라보는 사람도 있었으나 그보다 더 많은 사람들의 반응은 이랬다.

"진짜? 받아보고 어떤지 말해줘."

그래서 그동안 많이 들었던 질문에 대한 답변을 몇 가지 정리해봤다.

Q. 심리상담 비싸지 않아?

A. 비용은 50분 기준으로 회당 5만 원에서 15만 원 정도 하더라고. 나도 비용이 가장 걱정이었어. 그리고 상담센터 선택도 쉽지 않았지. 알다시피 요즘은 정보검색만으로 신뢰할 수 없잖아. 그러던 중에 친구가 직접 심리상담을 받았단 곳을 추천해줬어. 전문가의 재능기부로 무료 상담을 받을 수 있는 곳이었지. 집과 거리가 꽤 있고 주말밖에 할 수 없었지만, 친구를 믿고 그곳으로 결정했어. 6주간 12회. 한 번 갈 때 50분씩 2회가 진행되는 곳이었는데, 나는 가족여행이 있어서 5주간 총 10회를 받았어.

Q. 약물치료 같은 것도 받았어?

A. 약물치료는 정신과에서 진단을 받고 처방받아서 먹는 거고, 나는 내 문제에 관해서 이야기하면서 문제점과 해결책을 찾기 원해서 심리상담을 받았어.

Q. 근데 상담하다 보면 하고 싶지 않은 얘기까지 다 해야 하지 않아?

A. 그건 선택인 것 같아. 근데 꺼내기 싫은 이야기 속에 내 마음의 문제를 해결할 수 있는 단서가 있는 경우가 좀 있더라고. 그래서 나는 전부는 아니지만, 꽤 많은 부분을 이야기했어. 아, 그리고 심리상담사도 변호사와 비슷해. 상담하며 들었던 내용을 외부로 유출할 수 없어. 비밀이 보장된다는 말이지.

Q. 그래서 상담받으면 좀 괜찮아져?

A. 응. 좀 괜찮아진 것 같아. 상담사 선생님이 내 이야기를 경청하고 공감해주니까. 남들에게 쉽게 할 수 없던 이야기도 할 수 있었고, 그러다 잊고 있던 기억이 떠올라서 현재 내 문제에 대해 전혀 다른 식으로 접근해볼 수도 있었지. 그런데 이건 어디까지나 내 경우야. 어떤 사람은 상담을 받으면 받을수록 불쾌하고 짜증이 났었다고 하더라고. 잘은 모르겠지만 심리상담사와 내담자도 궁합이 맞아야 하는 듯해.

Q. 나도 받아볼까?

A. '나도 받아볼까?'라는 생각이 든다면 고려해봐. 아직까지 우리나라에서는 몸 아파서 치료받는 건 당연하게 생각하면서, 마음 아플 때 치료받는 일에는 인색한 듯해. 주변 시선도 그렇고. 근데 몸이 아프면 마음도 따라 아픈 것처럼 마음이 아프면 결국 몸도 아프더라. 그러니까 마음 아픈 것도 참지 마.

Q. 심리상담 후 회사생활은 어때?

A. 지민 씨라고 일하면서 알게 된 사람이 있거든. 지민 씨는 '회사 대표가 바뀌는 걸 보고 관두겠다'라는 말을 입버릇처럼 하고 다녔지. 대표가 직원들에게 평가와 소문이 좋지 않았고 매출도 감소한 데다가, 1년인가 2년인가 대표도 계약을 갱신해야 했기 때문에 가능한 일처럼 보였어. 근데 결국 먼저 그만둔 건 지민 씨였어. 그는 온갖 스트레스로 밥도 넘기기 힘들어했거든. 퇴사할 때 그의 모습은 뼈에 살이 간신히 붙어 있는 듯 참 앙상했지. 상담하면서 그 모습이 떠오르더라고. 회사가 나보다 먼저 변할 일은 없겠구나 싶었어. 나쁜 회사는 고집불통이니까. 상담을 받으면서 나도 지민 씨처럼 두고 보자는 마음으로 출근하고 있다는 걸 깨닫게 됐어. 그러면서도 불안한 미

래를 나쁜 회사에 의지하더라고. 요즘은 회사에 마음을 쓰지 않으려고 노력 중이야. 내 마음이 아깝거든. 그리고 퇴근 후에 할 수 있는 의미 있는 일을 찾는 중이야.

Q. 이제 심리상담은 받을 필요 없겠네?

A. 아니, 또 모를 일이지. 이러다가 다시 마음이 힘들어질 수도 있고, 예상하지 못했던 일이 터져서 심리상담을 건너뛰고 정신과에 갈 일이 생길 수도 있지. 다만 요즘은 마음이 많이 편안해졌어. 그리고 앞으로는 내 마음이 아픈 걸 모른 척하지 않으려고 해. 이제는 내 몸의 증상처럼 내 마음의 상태도 섬세하게 관찰할 거야.

오늘의 **마음 정리**

심리상담이나 정신과에 가는 게 어려울 수 있다.
그러나 막상 가 보면 안다.
미세먼지를 막기 위해 황사용 마스크로
호흡기를 빈틈없이 막는 일보다,
폭설 내린 다음 날 미끄러지지 않기 위해
몸에 딱 떨어지는 정장에 등산화를 코디하는 일보다,
하루라도 건강한 마음으로 살기 위해 일단 가 보는 게
얼마나 어렵지 않은 일인지 말이다.
두 발로 직접 찾아가 보면 안다.

Chapter 7.

집안이 편안해야 바깥일도 잘 풀린다?

"그래도 아침밥은 차려줘야 한다. 집안이 편안해야 바깥일도 잘 풀리는 법이야."

친구가 첫 부부싸움 후 시어머니께 들은 잔소리다. 분명 시어머니는 "이 녀석과 다투면 나한테 연락해라. 내가 혼구녕을 내줄 테니까"라고 했단다. 든든한 지원군을 얻었다고 착각한 그녀는 정말 전화해버렸다. 돌아온 답변은 바깥일을 잘할 수 있게 아침밥을 먹여 보내란 거였다.

사실 집안이 편안하지 않아 바깥일까지 꼬이는 건, 남자만의 일은 아니다. 일하는 기혼여성이 늘어난 요즘은 여자에게도 해당하는 얘기다. 남편과 사소한 말다툼으로 한 달 넘게 각방을 써왔던 여자 과장님이 번뜩이는 아이디어를 내놓은 날은 남편과 화해한 날이었다. 매일 아슬아슬하게 사무실에 도착해 눈총을 받던 여자 후배의 출근이 빨라진 것 또한, 아침에는 밥을 먹어야 한다는 남편의 고집을 꺾고 시리얼로 바꾼 후였다.

나의 직장생활에도 불편한 가정은 영향을 미쳤다. 남편과 치열하게 다툰 다음 날은 기가 빨려서 업무 속도가 느려진다거나. 평소에는 무시해버린 상사의 선을 넘는 농담에 까칠하게 반응한다. 한번은 아이를 낳는 문제로 남편과 싸운 적이 있다. 그런데 다음 날 직장 상사가 점심 식사 후 이쑤시개로 치아 사이에 낀 고춧가루를 긁어내며 이런 말을 던졌다.

"지금도 노산인데 빨리 임신해. 부부 사이는 아이 없으면 오래 못 가."

나의 대답도 그의 앞니 틈에 박혀버린 고춧가루처럼 텁텁해져버렸다.

"근데 제가 아이 낳으면 팀장님이 대신 키워주시나요?"

그 일로 한동안 팀장과 서먹한 건 괜찮았다. 업무가 비이상적으로 분배되어 무척 곤란할 뿐이었다.

요즘은 사내에 심리상담소를 운영하는 회사가 많다. 그곳에서 업무 스트레스만큼이나 가정불화를 호소하는 이들도 적지 않다고 한다. 얼마 전 남편 회사에서도 부부소통에 관한 온라인 강좌가 있었다. 신혼 초와 달리 평온을 찾았다고 믿었던 나와 달리, 남편은 우리에게 필요한 강좌라며 반겼다.

강의가 있던 날, 남편은 회사에서 나는 집에서 각자의 노트북으로 접속했다. 본격적인 수업에 앞서 몇 가지 질의응답으로 자신이 어떤 애착 유형인지 알아보는 시간을 가졌다. 결과는 의외였다. 둘 다 '안정적 애착 유형'으로 나온 것이다. '안정적 애착 유형'은 불안형, 회피형, 혼란형과 달리 인간관계에 유연하게 대처한다. 고로 부부관계에서도 뛰어난 소통능력을 보여준단다. 믿을 수가 없었다. 그럼, 대체 그동안의 피를 튀기던 싸움은 무엇이었단 말인가.

강의를 진행한 상담사님마저 '안정적 애착 유형'이 되도록 해야 한다고 하니, 금세 수업에 대한 몰입도가 식어버렸다. "부부관계에서 가장 중요한 게 뭘까요?"라는 말 뒤에 "그건 바로 소통입니다"라고 할 때는 노트북을 덮고 싶었다. 결국, 남편에게 메시지를 보냈다. '남 일에 관심 없는 옆집 언니의 뻔한 조언도 전문가가 하면 강좌가 되네. 나도 자격증을 따야 할까 봐.' 이에 그의 답장은 진지했다. '그 뻔한 걸 지키는 사람이 몇이나 돼? 또 듣고, 다시 새겨. 그리고 실천하도록 해.'

각 애착 유형의 특징과 부부소통의 중요성이 끝나자, 이번에는 부부싸움의 규칙에 관한 내용이 이어졌다. 한 시간이 넘어서야 핵심을 얘기해주는구나. 자세를 고쳐 앉고 펜과 노트를 꺼내 들었다. 배우자가 나의 욕구와 필요를 채워줘야 한다는 바람을 버리세요. 결혼에 대한 환상을 지우세요. 내가 상대를 고칠 수 없다는 걸 인정하세요. 상담사님이 비장하게 꺼내든 규칙은 간략하게 이런 것들이었다. 이것 역시 내겐 무심한 옆집 언니가 해줄 만한 조언이었다.

"그럼 이제 질문을 받아볼게요."

드디어 강의가 끝나고 질의응답 시간이 됐다. 내내 침묵만이 흐르던 대화창에 글 하나가 올라왔다. 딴짓하던 나는 질문을 읽고 눈이 휘둥그레졌다.

'강사님은 남편분과 그 규칙을 다 지키면서 살고 계신가요?'

그게 말은 쉽지. 이런 생각은 나만 했던 게 아니었다. 이론에는 빠삭하지만 뛰어난 달변가는 아닌 듯한 강사님의 미간이 미세하게 찌푸려졌다. 당황한 거다. 잠시 고민하더니 이런 대답을 꺼냈다.

"지금까지 이야기한 부부갈등 사례, 대부분 제 얘기예요."

솔직한 고백이었다. 그녀는 심리학에 열심히 매달릴 수 있었던 건, 어쩌면 남편 때문인지도 모르겠다고 털어놨다. 이십여 년이나 함께 살았으니 이제는 이해한다고, 그대로를 인정한다고 믿어 의심치 않다가도 불쑥불쑥 화나고 미워진다고 했다. 사실 애착 유형이란 게 회사와 가정에서 다르게 나타나기도 한단다. 회사에서는 안정적 유형이 집에서만은 회피형이 될 수도 있다는 것이다. 이렇듯 한 번의 검사로 자신이 어떤 사람인지 확정할 수 없으니, 가까운 사이에서 벌어지는 갈등과 화해일수록 다각도의 노력이 필요하다고 덧붙였다.

때로는 잘 아는 게 제일 어려운 법이다. 강사님께 배운 뻔한 싸움의 규칙이 필요한 이유는 이런 게 아닐까 싶다. 집안이 편안해야 바깥일이 잘 풀릴 수 있다. 그러나 바깥일이 잘 풀리지 않을 때도 집안은 편안해져야 한다. 부부 둘 다, 가족 모두에게 말이다. 왜냐하면, 일을 통해 얻어지는 행복을 나누고픈 이는 회사가 아니라 내 옆에 있는 사람이기 때문이다.

오늘의 **마음 정리**

강의 막바지에 또 다른 질문이 올라왔다.
'강사님께서는 부부가 함께 싸움의 규칙을 정해보라 하셨는데,
규칙을 정하다가 각서만 늘어날까 걱정됩니다.'
이에 강사님은 아무런 답변을 해주지 않았으나
눈빛은 이런 말을 하고 있었다.
'각서가 서로를 안정적 애착 유형으로 변화시켜준다면
써야지 어쩌겠어요'라고.

기어코 주말도 온다.

"나 요즘 뉴욕시에 살고 있어."

요즘 내가 안부를 묻는 사람들에게 하는 말이다. 상대가 놀라 되물으면 "뉴욕 시각으로 산다는 말이었어"라며 싱거운 대답을 한다. 완전한 농담이 아니기 때문이다. 나는 정말 한국과 13시간 시차가 있는 뉴욕 시각으로 살고 있다. 먼 이국땅 시각으로 산다는 것은 어려운 일이 아니다. 사람들이 깨어 있는 아침에 잔다. 사람들이 잠드는 밤에 깨어난다. 그뿐이니까.

내가 뉴욕 시각으로 살 수 있게 된 계기는 퇴사였다. 2019년 9월 말 회사를 관두기로 했다. 에필로그만 쓰면 이 책 초고를 완성할 수 있던 때였다. 회사를 관두기로 한 건 즉흥적인 결정이 아니었다. 회사 업무 환경이 바뀌면서 하게 된 어쩔 수 없는 선택이었다. 원고를 쓸 때 퇴사를 꼭 계획적으로 하라고 해 놓고, 나의 퇴사는 계획된 2020년 9월보다 1년이나 빨랐다. 이런 까닭에 책은 애초에 기획했던 '한 직장인이 월요병을 극복하고 출근하는 이야기'가 아닌 '한 직장인이 퇴사 전까지 월요병을 극복하며 출근했던 이야기'로 바뀌었다. 역시 책도, 삶도, 회사도, 계획대로 되지 않을 때가 많다.

퇴사 후 3주간 나는 밤낮이 바뀐 생활에 돌입했다. 감기 탓이었다. 마지막 회사는 4년 반을 다녔다. 헤아려보니 그 시간 동안 감기에 걸린 건 딱 두 번이었다. 그마저도 하루 자고 일어나면 견딜 만했다. 그땐 몰랐다. 각자 인생에는 앓아야 할 정량의 감기가 있단 사실을 말이다. 몇 년을 참아온 감기는 한 번에 몰아닥쳤다. 퇴사 후 2주간 4년치 감기를 앓았다. 3주 차에 겨우겨우 외출이 가능해졌다. 4주 차가 된 지금, 남은 6개월치 감기도 마저 앓고 있다. 난생처음 길고 뜨거운 감기를 경험하는 중이다. 에필로그는 이 상태로 끝낼 수밖에 없다. 어떻게든 빨리 회사 얘기를 끝내야 하니까.

집에서 프리랜서로 일했던 기간을 빼면 회사로 출근한 시간이 9년쯤 된다. 그 시간 중 2년 반은 하루 평균 1시간을, 나머지 6년 반은 하루 평균 3시간을 출퇴근하는 데 썼다. 매달 평균 22일 출근했다고 가정하면 대략 5,500시간이다. 이를 일수로 따져봤다. 회사를 오가는 데만 230일을 썼다는 계산이 나온다. 여기에 업무 시간, 주말 근무, 출장까지 계산하면 어떨까. 그렇다면 9년간 회사와 무관했던 시간은 얼마나 될까.

고백하면 나는 남들보다 월요병에 취약한 사람이었다. 멀미를 심하게 하는 탓도 있었지만, 일의 의미를 찾지 못해서이기도 했다. 고로 내게 월요병을 극복하는 일은 회사로 출근해야 할 이유를 찾는 일이기도 했다. 그 결정적 이유가 돈이었단 걸 부정하진 않겠다. 하지만 돈을 받으며 경험한 일과 사람도 무시할 수는 없다. 회사에서 일하는 동안 노력, 성취, 좌절, 배신 따위가 분기별로 나를 찾아왔다. 또한 밖에서 만났다면 이토록 미운 원수가 되지 않았을 관계, 회사가 아니었다면 평생 말 한마디 섞지 못했을 우연한 관계, 그리고 전쟁터를 방불케 하는 사무실에서도 진심을 내어준 고마운 관계 등 31가지 아이스크림을 한자리에서 맛보는 것처럼 다채로운 사람들을 만났다. 어찌 보면 직장생활은 드라마였다. 장르는 그때그때 달랐다. 출연자조차도 다음 전개를 알 수 없었다. 막무가내로 진행된 생방송이었다.

회사에서 하루 평균 10시간씩 드라마를 찍으며 내가 찾은 일의 의미는 무엇일까. 솔직히 드라마를 경험하고도 '의미'는 찾지 못했다. 덧붙이면 '의미를 찾는 일'이 '아무런 의미가 없는 일'이란 걸 깨달았다. 의미란 명사는 늘 도도하다. 엄청난 감동을 기대하게 한다. 기특한 구석이 없어서는 안 될 것 같다. 무언가 대단한 깨우침이 필요해 보인다. 회사로 출근하는 일이 내게 이런 의미를 주지 않았다. 그저 기회가 됐을 뿐이다. 내 삶을 의심할 소중한 기회.

나는 지금 잘하고 있는 걸까. 이건 나다운 모습일까. 내 삶은 내가 원하는 대로 흘러가고 있는 걸까. 내일은 오늘보다 나을까. 본래 의심은 두렵다. 그러나 의심은 성장과 행복에 대한 집념 또한 강하다. 회사는 내 삶을 끝없이 의심하게 만드는 원동력이었다. 일의 의미와 의심을 놓지 않고 출근해보니, 어떤 날은 행복했고, 다른 날은 불행했고, 대부분 적당했다. 여기서 '적당하다'라는 건 무탈했음을 의미한다. 일요일 밤마다 월요일이 두려워 뒤척거렸지만, 막상 회사에 출근하면 고통 없이 내 몫을 끝내고 퇴근하는 날이 많았다.

요즘 나는 조용한 새벽 시간에 혼자 영화를 보거나 책을 읽는다. 대부분 회사 업무가 피곤하다는 이유로 미루고 묵힌 작품들이다. 오늘 새벽에는 〈나의 아저씨〉란 드라마를 봤다. 내용 중에 주인공 동훈이 사내정치로 원치 않는 경쟁에 휘말리게 된다. 그런 그가 출근길에 힘겹게 지하철에 몸을 구겨 넣고는, 속세를 떠나 스님이 된 친구에게 이런 메시지를 보낸다.

'난 천근만근인 몸을 질질 끌고 가기 싫은 회사로 간다.'

그러자 스님인 친구는 그에게 이런 답장을 보내온다.

'니 몸은 기껏해야 백이십근, 천근만근인 것은 네 마음.'

이제 나도 천근만근인 마음을 내려놓고 뉴욕 시각에서 한국 시각으로 돌아갈 때가 왔다. 지금은 오전 8시, 회사를 관두지 않았다면 출근하기 위해 버스에 오를 시간이다. 기껏해야 백근인 내 몸은 아직 직장인으로 지낸 9년, 230일, 5,500시간을 기억하는 듯하다. 열이 나고 어지러운 상황에서도 월요일 오전이란 이유로 글이 빨리 써지는 걸 보면 말이다.

또 월요일이다. 궂은 날씨가 월요일을 피해 주길 바란다. 어렵다면 출퇴근 시간만은 비껴갔으면 한다. 대신 세상 모든 틈으로 빛이 기어들어 갈 만큼 햇볕이 강렬했으면 좋겠다. 모든 직장인이 기분 좋게 출근했으면 하는 마음에서가 아니다. 결핍되면 우울해질 수 있는 비타민D를 보충했으면 하는 바람에서다. 어차피 가야 하는 회사 건강하게 가면 좋지 않은가.

월요일은 기어코 온다. 그러나 주말도 기어코 올 것이다.

어릴 적 외할머니는 하는 일마다 안 풀리다 못해
회사에서 잘린 작은 외삼촌에게
이런 말을 툭 던졌다.

"불행에 제대로 자빠져본 놈이
행복도 제대로 느끼는 법이야."

당시 겨우 초등학생이던 나는
그 말을 이해하지 못했으나,
외삼촌은 상당히 위로받은 표정이 되어 있었다.
시간이 흘러 내가 외삼촌 나이가 됐다.
이제는 그 말을 이해할 수 있고,
그 말을 떠올릴 때마다 위안을 받는다.

힘든 시기를 거친 후에는

기쁜 일이 다가오는 것을

더욱 예민하게 알아챌 수 있었으니까.

회사생활도 그렇다.

어떻게든 출근해 사람들과 일하다 보면

힘들지만 힘들지만은 않은 게 업이란 걸 배운다.

솔직히 출근 생각하면 잠이 안 오는 당신에게

신개정판 1쇄 인쇄일 2021년 02월 15일
신개정판 1쇄 발행일 2021년 02월 25일

지은이 이하루
발행인 이지연
주간 이미숙
책임편집 정윤정
책임디자인 이경진, 권지은
책임마케팅 이한주
경영지원 이지연

발행처 (주)홍익출판미디어그룹
출판등록번호 제 2020-000332 호
출판등록 2020년 12월 07일
주소 서울시 마포구 독막로18길 12, 2층(상수동)
대표전화 02-323-0421
팩스 02-337-0569
메일 editor@hongikbooks.com

ISBN 979-11-9142-008-1 (03810)

※ 이 책은 《로또는 꽝이고 내일은 월요일》의 신개정판입니다.